Silke Vry

Die Diebe von Troja

Silke Vry wurde in Erlangen geboren und wuchs in Norddeutschland auf. Die promovierte Archäologin und Kunsthistorikerin nahm an zahlreichen Grabungen in Jordanien, Syrien und Deutschland teil. Seit 2007 schreibt sie außerdem erfolgreich Bücher für Kinder. Sie lebt in Hamburg.

Silke Vry

Die Diebe von Troja

Ein Abenteuer um Heinrich Schliemann

Mit Illustrationen von Peter Knorr und Doro Göbel

Deutscher Taschenbuch Verlag

Das gesamte lieferbare Programm von dtv junior und viele andere Informationen finden sich unter www.dtvjunior.de

MIX
Papier aus verantwortungsvollen Quellen
FSC® C019821

Umschlagkonzept: Balk & Brumshagen
Umschlagbild: Peter Knorr
Lektorat: Maria Rutenfranz
Gesetzt aus der Aldus 11/14·
Gesamtherstellung: Druckerei C. H. Beck, Nördlingen
Gedruckt auf säurefreiem, chlorfrei gebleichtem Papier
Printed in Germany · ISBN 978-3-423-71505-8

Gott sei es gedankt, dass mich der feste Glaube an das Vorhandensein jenes Troja in allen Wechselfällen meiner ereignisreichen Laufbahn nie verlassen hat!

(Heinrich Schliemann)

Die Mutprobe

»*Uhuuu …*«

Jannis zuckte zusammen.

»*Uhuuuuuuu …*«

Er war sich nicht sicher: War das der Ruf einer echten Eule oder war es das vereinbarte Zeichen? Vorsichtig reckte er seinen Kopf und blickte nach oben. Nein, der Himmel war noch genauso tiefschwarz wie vor Stunden. Stunden? Waren es überhaupt schon *Stunden,* die er hier unten auf dem Boden des Grabens hockte und auf das Ende, den erfolgreichen Ausgang seiner Mutprobe, wartete? Schwer zu sagen, er hatte mittlerweile jedes Zeitgefühl verloren. Er zitterte. Das Einzige, was er spürte, war die nasse modrige Kälte, die aus den metertiefen Erdwänden rings um ihn herauskroch und seine dünne Baumwollkleidung feucht werden ließ. Er hockte fast vierzehn Meter unterhalb der Erdoberfläche. Mit den Armen umklammerte er ängstlich seine Beine, sein Kinn presste er fest auf die Knie, dennoch klapperten seine Zähne und erzeugten ein seltsames Geräusch. Dazu kam die überraschend tiefe Dunkelheit: Es war Neumond, kein noch so kleiner Lichtschein erhellte den Himmel, einer der Gründe, warum sein älterer Bruder Nikos gerade die heutige Nacht für die Mutprobe ausgewählt hatte. Hier unten schien ihn die totale Finsternis nun endgültig verschlingen zu wollen.

Dabei war Jannis Dunkelheit eigentlich gewohnt, schon oft hatte er sich nachts im Freien aufgehalten, aufhalten müssen, allerdings war sonst immer Nikos bei ihm gewesen. Oder die warmen und weichen Schafe des Vaters, die ihm wohltuende Gesellschaft geleistet hatten. Das hier aber war etwas anderes. Hier unten war er in einer anderen Welt, in einer Art Unterwelt, die nicht mehr zur echten Welt zu gehören schien.

Der Schacht, in dem er saß, gehörte zu einer archäologischen Ausgrabung. Ein seltsamer Kauz, ein deutscher Archäologe, durchwühlte hier zusammen mit den Männern der umliegenden Dörfer den Boden und suchte eine versunkene Stadt. Jannis hatte sich darüber schon oft gewundert, wenn er hier tagsüber mitarbeitete: Wie konnte eine ganze Stadt untergehen? Wie konnten ihre Reste in der Erde versinken und verschwinden?

Er zuckte zusammen. Würde der Erdboden am Ende auch ihn verschlucken? Die Wände des Grabens rückten immer dichter an ihn heran, bald würden sie ihn zerdrücken! Oder bildete er sich das nur ein? Er machte sich so klein wie möglich und presste die Augen zusammen. Noch ein anderer furchtbarer Gedanke durchzuckte seinen Kopf: Wahrscheinlich steckten die Geister der vielen Verstorbenen, der Toten der Vergangenheit, noch in der Erde und waren nun wütend auf ihn, weil sie sich in ihrer Ruhe gestört fühlten, nicht nur tagsüber, wenn rund um ihre Knochen gehackt und gegraben wurde, nun auch noch mitten in der Nacht. Insgeheim verfluchte er seinen großen Bruder und dessen Idee mit der Mutprobe. Ob Nikos geahnt hatte, welch furchtbare Gedanken einem hier unten in den Kopf schossen? Doch der Preis war nicht zu hoch: Wenn Jannis die Mutprobe bestand, durfte sein Bruder ihn nie wieder *fowitsiaris* – Hasenfuß – nennen oder sonst wegen seiner Ängstlichkeit hänseln. Das war die Vereinbarung. Dafür musste Jannis bis zum ersten Morgenrot am Himmel hier unten ausharren. Das musste er schaffen! Den Vater hatten sie anlügen müssen, damit er keinen Verdacht schöpfte. Sie hätten schon vor Sonnenaufgang auf der Ausgrabung bei *Kyrie* Schliemann, dem Archäologen, zu tun, hatten sie ihm eingeredet. Er brauche also nicht auf sie zu warten, wenn er bei Tagesanbruch aufbrach, man würde sich direkt auf der Grabung, dem Berg von Hissarlik, treffen. Er hatte es geglaubt.

Jannis streckte seine Hand aus, ging einige Schritte und kontrollierte die Entfernung zur gegenüberliegenden Grabenwand. Er atmete auf, sie schien sich nicht von der Stelle bewegt zu haben. Er fühlte noch einmal. Zum Zeichen dafür, dass er wirklich bis zu der vereinbarten, tiefsten

Stelle vorgedrungen war und nicht etwa viel weiter vorne Platz genommen hatte, hatte er einen kleinen hölzernen Nagel, versehen mit den eingeritzten Initialen, den Anfangsbuchstaben seines Namens, JS für Jannis Savvidis, tief in die Erdwand gesteckt. Morgen früh würde Nikos die Stelle kontrollieren und den Beweis dafür finden, wie tapfer sein jüngerer Bruder war.

Jannis tastete die Wand ab. Befand sich der Stab noch an der ursprünglichen Stelle? War er nicht herausgerutscht? Als er vorsichtig mit den Fingern über die Oberfläche der Seitenwand fuhr, wo er das Beweisstück vermutete, rieselte ein wenig Sand auf den Boden. Da, seine Finger verharrten an etwas leicht Hervorstehendem. Der Holznagel? Er musste es sein, Jannis war sich fast sicher, doch er stutzte. Dieser Gegenstand fühlte sich auffallend kühl an und er steckte nicht gerade, sondern schräg in der Wand. Jannis fühlte genauer, sehen konnte er nichts. Er umfasste die rund auslaufende Form und lockerte dann den seltsamen Gegenstand, der ungefähr die Länge eines Unterarmes besaß, aus der Erde. Plötzlich zuckte er zurück. Das, was er in seiner Hand vermutete, war ein Knochen, womöglich der eines Menschen.

Mit einem mühsam unterdrückten Schrei schleuderte er ihn von sich und wischte sich die Hand an seiner feuchten Hose ab. Der Knochen machte ihm Angst. Warum? Was konnte ihm der Knochen eines Toten anhaben? Skorpione konnten ihm gefährlich werden, ja, und auch Anthelions, die kleinen Schlangen, die mit nur einem einzigen Biss einen Menschen töten konnten. Der Knochen aber war harmlos, Schliemann hatte schon viele davon sammeln lassen. Dennoch stand Jannis kalter Schweiß auf der Stirn. Verzweifelt stellte er sich noch einmal auf die Zehenspitzen und blickte hoffnungsvoll nach oben. Doch es war aussichtslos, so weit er sich auch reckte, eine Rotfärbung des Himmels als Zeichen der aufgehenden Sonne konnte er nicht entdecken.

»*Uhuu, Uhuuuu …*«

Erneut ertönte der Schrei der Eule. Jannis seufzte. Eine überaus blöde Idee war das von seinem Bruder gewesen, ein zweifaches *Uhu!* zu rufen, wenn er – aus welchem Grund auch immer – den Graben verlassen sollte. Eulen gab es hier in der Gegend, der Troas, einfach zu viele und sie ließen während der ganzen Nacht ihr ununterbrochenes Geschrei ertönen. Wie konnte Jannis wissen, ob es eine echte Eule war, die den Ruf ausstieß, oder sein Bruder, der in der Nähe des Grabungshauses auf ihn wartete?

Und tatsächlich, schon im nächsten Augenblick hörte er das nächste »*Uhu! Uhu!*«.

Jannis stutzte. Der Ruf klang anders als zuvor, kurz und atemlos. Er war sich jetzt sicher, so klang keine echte Eule, das konnte nur sein Bruder sein!

Nikos wollte ihn warnen.

Jannis musste hier weg, sofort!

Nur wie? Keiner durfte ihn sehen! Kyrie Schliemann hatte unter Androhung höchster Strafen den Arbeitern verboten, das Grabungsgelände nach Einbruch der Dunkelheit zu betreten. Wer dabei erwischt wurde, hatte nichts zu lachen. Der Verlust der Arbeit, eine Anzeige bei der Polizei und eine saftige Geldstrafe wären die Folge und so sicher wie das Amen in der Kirche.

Aber irgendetwas musste passiert sein, sonst hätte Nikos nicht gerufen.

Vorsichtig tastend setzte sich Jannis in Bewegung. Aber hier, an der tiefsten Stelle des riesigen Grabens, befand er sich in einer Art Sackgasse. Um wieder an die Erdoberfläche zu gelangen, musste er die gesamte, tief in den Hügel gehauene Schlucht in ihrer ganzen Länge zurücklegen, einmal quer die Jahrtausende zurückwandern, um wieder in der Gegenwart zu landen.

Er musste seine Hände zu Hilfe nehmen, um sich an einer der seitlichen Wände vorwärtszutasten. Vorsichtig, fast zaghaft, setzte er einen Schritt vor den anderen. Bei dem Gedanken an weitere Knochen, die womöglich in den Grabenwänden steckten, daraus hervorragten und wie Finger auf ihn zeigten, lief ihm ein kalter Schauer über den Rücken und seine Hände zuckten unwillkürlich zurück.

Plötzlich erstarrte er. Vor ihm flackerte das Licht einer Petroleumlampe, nur wenige Meter entfernt erkannte er im Schein der Flamme zwei menschliche Gestalten, zwei Männer. Sie hatten den Graben betreten und kamen nun langsam und direkt auf ihn zu.

Für ihn gab es kein Entkommen!

Er war gefangen.

Ohne das leiseste Geräusch wich er vorsichtig zurück.

Er fühlte sich wie ein Tier in einer Falle, die jeden Augenblick zuzuschnappen drohte. In seiner Angst duckte er sich tief auf den Erdboden, vergaß alle Gefahren, die ihm aus dem Erdreich drohten, und suchte Schutz hinter dem Rest eines kleinen Mauervorsprungs, der aus der Grabenwand herausragte. Mit angehaltenem Atem beobachtete er, wie die beiden dunklen Gestalten immer näher kamen.

»Halt an. Hier irgendwo muss es sein!«, hörte er eine Stimme flüstern. Sie gehörte einem großen, dünnen Mann, der zügig den Graben entlangschritt, in der einen Hand die Lampe haltend und mit der anderen eine große Spitzhacke vor sich herstemmend.

Jannis versuchte, im Schein des Lichtes, das Gesicht des Fremden zu erkennen, doch dessen Kopf war durch ein großes Tuch verhüllt, das nur die Augen und die Nase frei ließ.

»Bist du sicher?«, zischte der andere zurück. Er war klein und dick, hatte eine Schaufel geschultert und auch sein Kopf war mit einem dunklen Stoff umschlungen.

Die beiden blieben stehen und ließen ihr Werkzeug auf den Boden fallen. Der Dünne begann im Schein der Lampe, den Boden und die rechte Seitenwand des Grabens abzutasten.

»Warte! Gleich hab ich's«, erwiderte er und fing an, Erde aus der Seitenwand zu kratzen. »Seltsam, ich hätte schwören können, dass ich genau hier … Oder war es doch noch ein Stück weiter?«

Mit ausgestrecktem Arm hob er die Laterne über seinen

Kopf und ging einige Schritte weiter in die Richtung, in der Jannis auf dem Boden kauerte und mit angehaltenem Atem flehende Gebete an die *Agia Maria* – die Muttergottes – und alle möglichen anderen Heiligen ausstieß.

»Kannst du dich vielleicht ein bisschen beeilen? Wir haben nicht ewig Zeit!« Der Dicke wurde sichtlich nervös: »Es dauert nicht mehr lange, bis die Sonne hinter den Hügeln aufgeht und der Muezzin sein *Allahu akbar* vom Turm der Moschee brüllt. Bevor es von gläubigen Frühaufstehern wimmelt, will ich wieder zu Hause sein. Ich will hier mit heiler Haut rauskommen, ohne gesehen zu werden, und nicht auch noch einen Mord begehen müssen, hast du mich verstanden?«

»Halt doch mal endlich die Klappe!«, entgegnete der andere, der sich bei seiner Suche nicht aus der Ruhe bringen ließ. »Glaubst du, *ich* bin scharf darauf, die nächsten Jahre im Gefängnis zu verbringen oder mein Leben am Strick zu beenden?«

»Nein, hoffentlich genauso wenig wie ich. Aber hoffentlich läuten schon bald die Glocken, dann ist alles andere vergessen …«

Jannis verstand nicht, wovon der Dicke redete, aber dessen raues Lachen ließ ihn Schlimmes vermuten. Wenn die zwei Männer ihn hier entdecken würden, wäre das sein Ende, so viel stand fest.

»Was haben wir denn da?«, zischte der andere plötzlich und zeigte mit ausgestreckter Hand auf den Boden vor seinen Füßen.

Jannis erstarrte.

»Da ist es ja! Da liegt das Holzstück doch tatsächlich noch genau an der Stelle, wo ich es hingelegt habe, um die Stelle zu markieren, die wir suchen.«

Zufrieden stellte der Dünne die Lampe auf den Boden, nahm die Spitzhacke, holte schwungvoll aus und begann, mit Wucht ein Loch in die Seitenwand zu hauen.

»Pass doch auf!«, schnauzte der Dicke. »Ich brauche alles unversehrt und nicht mit Beulen, die du blind hineingehauen hast!«

Er stieß den anderen unsanft zur Seite.

»Lass mich mal.«

Jannis beobachtete, wie die beiden Männer vorsichtig mit bloßen Händen an der Wand herumkratzten und immer tiefer in die Erde vordrangen.

Sie hatten eine Weile schweigend nebeneinander gearbeitet, als der Dünne etwas aus dem Erdreich zog. Bei genauem Hinsehen erkannte Jannis, dass es sich um den Rest eines alten Gefäßes, um die riesige Scherbe eines dickwandigen Tonkruges, handelte, in der Art, wie seine Mutter es als Vorratsgefäß in der Küche verwendete.

Der Dünne nahm die flackernde Lampe in die Hand und sah zu, wie der andere mehrere kleine Gegenstände aus dem dahinter entstandenen Loch holte.

»Na, habe ich zu viel versprochen?«, fragte der Dicke und hielt dem anderen mit erwartungsvollem Blick seine prall gefüllten Hände entgegen. Der stieß einen leisen, anerkennenden Pfiff aus, nahm einen der Gegenstände in die Hand und sagte mit gedämpfter Stimme: »Heilige Jungfrau Maria! Nein, du hast nicht übertrieben, reines Gold. Selten habe ich etwas so Schönes gesehen. Diese feinen Arbeiten, die zarten Ketten, die hauchdünnen Schmuckblätter! Das ist der Schmuck einer Königin, ach was, der Schmuck einer Göttin!« Vor Aufregung begannen seine Finger zu zittern: »Das ist genau das, wonach dieser deutsche Archäologe vergeblich sucht! Dieser Schliemann scheint wirklich zu glauben, er könnte einfach hierherkommen, im Boden wühlen und uns um unsere Schätze betrügen.«

Er hielt mehrere goldene Schmuckstücke vor sich und betrachtete sie. Auch Jannis konnte sie im schwachen Schein der Lampe deutlich erkennen. Für einen Moment verwandelte sich seine Angst in unbändige Wut. Wie kamen diese Männer dazu, diesen kostbaren Goldschatz aus dem Boden zu reißen und ihn Kyrie Schliemann zu stehlen? Das Gold gehörte zur Grabung, es gehörte in die alte Stadt, die Schliemann suchte, und damit gehörte es doch eigentlich Schliemann selbst, oder etwa nicht?

»Los«, befahl der Dicke, »pack alles ein!«

Er reichte dem anderen einen Leinensack. Der griff in den Hohlraum und holte mit vollen Händen zahllose goldene Gegenstände daraus hervor. Danach schaufelte er die Erde zurück in das Loch, klopfte alles wieder fest und strich die Erde glatt. Gemeinsam betrachteten die Männer sein Werk. Der Dicke nickte zufrieden.

»Perfekt! Alles sieht aus wie vorher. Niemand wird

irgendetwas vermissen oder vermuten, dass wir jemals hier waren! Jetzt aber nichts wie weg!«

Er wollte sich gerade den Beutel über die Schulter werfen, die Hacke nehmen und nach der am Boden stehenden Öllampe greifen, als er plötzlich stutzte.

»Was ist denn das?«, rief er. Er griff an die gegenüberliegende Erdwand. Jannis erstarrte, als er beobachtete, wie der Dicke mit spitzen Fingern den auffällig platzierten Holznagel daraus hervorzog. Wie hatte er bloß so unvorsichtig sein können?

»Schau dir das an.« Der Dicke hielt das Holz in den Schein der Lampe und gemeinsam betrachteten die beiden Männer das unerwartete Fundstück.

»Hier hatte jemand offenbar die gleiche Idee wie wir. Weißt du, was das bedeutet? Jemand weiß von dem Gold und hat sich die Stelle ganz genau markiert. Wie gut, dass wir schneller waren. Und klüger. Sieh mal, dieser Idiot hat nicht nur vergessen, das Gold zu holen, er hat sogar noch seine Unterschrift hinterlassen.« Bei diesen Worten zeigte der Dünne auf die tief und unübersehbar in den Holzstab eingeritzten Buchstaben: JS.

Der andere knurrte unfreundlich: »Vergessen, das Gold zu holen? Das glaubst du doch wohl selbst nicht. Ich glaube eher, da ist uns jemand ganz dicht auf den Fersen. Lass uns endlich abhauen, sonst sind wir noch die größten Idioten von allen!«

Und während der Dicke mit den Kuppen seiner klobigen Finger über die Kerben in dem hölzernen Stock fuhr, fügte er mit leiser und drohender Stimme hinzu: »JS, wer immer du bist, dich kriegen wir! Und wenn wir dich haben, wirst du dich so fühlen wie nach dem Biss einer Anthelion!«

Daraufhin löschten sie die Lampe, und als sie sich entfernten, hörte Jannis nur noch das leise, eiskalte Lachen des Dicken.

Er hockte wie erstarrt.

Wie nach dem Biss einer Anthelion, hatte der Fremde gesagt … Der Satz klang in seinen Ohren. *Wie nach dem Biss einer Anthelion …*

Nur langsam wurde ihm der Sinn dieser Worte klar. Das war nichts anderes als eine Morddrohung! Wer nämlich von einer solchen Schlange gebissen wurde, musste sterben, würde am folgenden Tag die Sonne nicht mehr aufgehen sehen, wie es der Name dieses gefährlichen Tieres besagte. Jemand wollte ihn lieber tot sehen als lebendig. Die Vorstellung erfüllte ihn mit panischer Angst.

Seit die Männer den Graben verlassen hatten, waren nach Jannis' Schätzung mehrere Minuten vergangen und es war nichts mehr von ihnen zu sehen oder zu hören.

Zur Sicherheit zählte er leise und langsam bis hundert, *»ena, dia tria …«*, dann erhob er sich, so gut es seine eingeschlafenen Arme und Beine erlaubten, aus seiner mehr als unbequemen Position. Tastend machte er sich auf den Weg in Richtung des rettenden Endes des tiefschwarzen Grabens.

Nach einer Weile spürte er, dass der Weg langsam die

Erdoberfläche erreichte. Er atmete erleichtert auf. Zitternd vor Kälte und Angst ließ er seinen Blick über das nächtliche Gelände schweifen. Obwohl sich der Himmel noch an keiner Stelle heller färbte, erschien ihm die Nacht hier oben weit weniger undurchdringlich als so tief da unten. Undeutlich konnte er die tiefschwarzen Umrisse einiger Bäume und auch das Grabungshaus des Kyrie Schliemann erkennen, das ruhig und verschlafen dalag. Tief gebückt schlich er vorwärts, mehr krabbelnd als gehend. Noch hatte er das rettende Ziel, den Weg jenseits der Grabung, wo er Nikos vermutete, nicht erreicht. Rund hundert Meter trennten ihn von dieser Stelle.

»Halt!«

Der Klang dieses Wortes ließ ihn erstarren. Er kniff die Augen zusammen und senkte den Kopf. Schreien schien ihm sinnlos und sogar unmöglich, denn jede Faser seines Körpers war wie gelähmt und gehorchte nicht mehr seinem Willen.

»Hey, Jannis!«, sagte die Stimme, leise, aber freundlich. »Da bist du ja endlich!«

Jannis wagte nun, den Kopf zu heben und die Augen zu öffnen. Schemenhaft erkannte er eine mittelgroße Gestalt vor sich. Er atmete tief durch. Selten zuvor war er bei dem Anblick seines großen Bruders so erleichtert gewesen.

»Mensch, Nikos. Hast du mir einen Schrecken eingejagt«, flüsterte er, erhob sich und fiel dem anderen vor Erleichterung um den Hals.

»Ist ja gut«, beruhigte Nikos seinen Bruder. »Zum

Glück bist du ja jetzt hier, hast du meine Eulenschreie denn nicht gehört? Als ich sah, wie zwei Gestalten auf dem Grabungsgelände verschwanden, hab ich gerufen wie ein Irrer. Ich wollte dich warnen und aus dem Graben locken.«

Jannis zitterte noch immer am ganzen Körper, seine Stimme klang kläglich: »Ja, deine Eulenschreie habe ich gehört, aber zum Glück erst spät, sonst wäre ich losgelaufen, den beiden Typen womöglich direkt in die Arme. Die standen nämlich plötzlich genau vor meiner Nase ...«

»Ja, und?« Nikos grinste. Sein kleiner Bruder machte sich schon in die Hose vor lauter Angst, wenn er bei Dunkelheit zwei Männern begegnete. »Komm, Kleiner, beruhige dich, du lebst ja noch. Auf dem Weg nach Hause kannst du mir alles ganz genau erzählen.«

Ohne ein weiteres Wort zu verlieren, eilten die Jungen davon, verlangsamten ihren Schritt erst wieder, als sie die Grabung ein ganzes Stück hinter sich gelassen hatten und den vertrauten, heimwärts führenden Weg zum Dorf Hissarlik unter ihren Füßen spürten.

Jetzt endlich begann Jannis ausführlich zu berichten. Nikos konnte kaum glauben, was er hörte: von den beiden Männern, dem Gold und der Morddrohung als Reaktion auf den Holzstab mit Jannis' Initialen.

»Bei der heiligen Jungfrau Maria! Wie sollte ich so was ahnen? Die zwei Typen wirkten ganz harmlos. Richtig lustig sahen sie aus, der eine klein und dick, der andere groß und dünn. Und als sie auf dem Grabungsgelände verschwanden, dachte ich, da suchen zwei eine ruhige Stelle für ein ungestörtes Nickerchen.«

»Für ein *ungestörtes Nickerchen*?«, Jannis' Stimme zitterte immer noch, diesmal schwang neben Angst auch Ärger über seinen Bruder darin mit. »Willst du mich auf den Arm nehmen? Du glaubst doch wohl nicht, dass es irgendjemanden gibt, der sich zwischen jahrtausendealte Knochen und Mauern legt, um in Ruhe zu schlafen.«

»Wieso denn nicht?« Nikos zuckte gleichgültig mit den Schultern und schweigend gingen die beiden Brüder eine Weile nebeneinanderher. Nikos bemerkte, dass Jannis keuchte und gelegentlich nach Luft schnappte. Noch immer war er außer sich vor Angst und Unruhe.

»Wir werden rauskriegen, wer das war«, versuchte Nikos den Jüngeren zu beruhigen. »Und mach dir wegen der Anthelion keine Sorgen. Bis die Ganoven geschnappt sind, wirst du einfach ganz vorsichtig sein, weder im Sand wühlen noch unter Steine fassen.«

In der Zwischenzeit waren sie zu Hause angekommen. Dunkel und verschlafen lag das kleine Haus da, in keinem der Fenster brannte eine Lampe, die Mutter werkelte noch nicht in der Küche und die Hühner gaben noch keinen Laut von sich.

Nikos grinste seinen Bruder an.

»Es ist noch viel früher als gedacht. Die Sonne ist noch immer nicht aufgegangen. Das bedeutet, dass du deine Mutprobe nicht bestanden hast.« Und mit einem noch breiteren Grinsen fuhr er fort: »Aber mach dir keine Sorgen, bestimmt findet sich demnächst noch eine gute Gelegenheit, bei der du deinen Mut beweisen kannst. Jetzt, wo du doch ohnehin in Lebensgefahr schwebst, wird das wohl nicht so schwer sein …«

Jannis war viel zu erschöpft, um sich über die Bemerkungen seines Bruders zu ärgern. Lautlos verschwanden die Jungen durch die Tür über den Hof, schlichen sich zurück in ihr kleines Zimmer, das direkt neben dem Hühnerstall lag, und waren froh über den Schlaf, der sie sofort übermannte, nachdem sie sich auf ihren Strohmatten ausgestreckt hatten.

Der Verdacht

Der Schlaf war viel zu kurz gewesen, um sie zu erfrischen, nur die aufregenden Gedanken an die vergangene Nacht halfen den Jungen am nächsten Morgen, ihre Augen offen zu halten. Zusammen mit den anderen Arbeitern ihres Dorfes, unter ihnen auch ihr Vater, dem sie wegen ihrer überraschenden Anwesenheit eine neue Lüge auftischen mussten, trabten sie kurz nach Sonnenaufgang zum Berg von Hissarlik, auf demselben sandigen Weg, den sie nicht lange zuvor in entgegengesetzter Richtung zurückgelegt hatten. Sie achteten auf den nötigen Abstand zu den Männern, um unbelauscht miteinander reden zu können.

»Wir müssen etwas unternehmen, müssen Schliemann alles erzählen …«, sagte Nikos fordernd. »Mir ist völlig egal, ob die beiden Männer geschnappt werden oder ob Schliemann das Gold bekommt … Aber wir holen uns eine saftige Belohnung, das ist doch wohl klar!« Und dann fügte er schnell hinzu: »Und natürlich passen wir auf, dass dir nichts passiert.«

Jannis war entsetzt. »Bist du wahnsinnig? Du willst Schliemann alles erzählen? Wie stellst du dir das vor? Ungefähr so: …« Mit albern verstellter Stimme begann er: »*Lieber Kyrie Schliemann, ganz zufällig waren mein Bruder und ich genau in dem Moment an genau der Stelle, an der zwei Unbekannte unendlich viel Gold aus dem Boden geholt haben. Nein, tut uns leid, mehr wissen wir auch nicht. Wir haben die Männer zwar gesehen, aber leider nicht erkannt. Helfen können wir Ihnen also nicht. Ach ja, und umbringen wollen sie meinen Bruder auch noch … Bitte, bitte, nicht böse sein, wir tun das auch nie wieder …*« Mit unverstellter Stimme fuhr er fort: »Ungefähr so, ja? Du glaubst doch wohl nicht im Ernst, dass Schliemann uns solch eine Geschichte abnimmt und uns dafür auch noch eine Belohnung zahlt? Du machst damit alles nur noch schlimmer, Vater und wir sind dann augenblicklich unseren Job hier los und eine Anzeige bei der Polizei in Kumkaleh ist uns sicher … Von der Schande ganz zu schweigen. Und daran, dass ich dann erst richtig in Gefahr schwebe, denkst *du* natürlich nicht, war ja klar!« Er holte kurz Luft, um fortzufahren: »Nein, lass uns erst jemandem etwas sagen, wenn wir den Fall gelöst haben …!«

Nikos zog ärgerlich seinen Arm aus der Umklammerung des Bruders und äffte dessen Stimme höhnisch nach:

»*Wenn wir den Fall gelöst haben?* Spiel dich bloß nicht so auf. Wofür hältst du dich eigentlich, du Angeber? Kommst dir wohl besonders wichtig vor, weil du angeblich umgebracht werden sollst, ja? Du glaubst doch wohl selbst nicht, dass sich deinetwegen irgendjemand die Finger schmutzig machen und zum Mörder werden wird. So wichtig bist du nämlich nicht! Aber weißt du was? Eigentlich ist das Gold bei den Männern viel besser aufgehoben als bei Schliemann. Das sind bestimmt ganz arme Würstchen, die sich mit dem Geld ihren Lebensunterhalt verdienen, während dieser Schliemann immer reicher wird. Der packt alles, was er findet, heimlich ein und lässt es irgendwohin bringen, in andere Länder, nach Athen oder sogar bis nach Deutschland. Genau das erzählt man sich über ihn, das weißt du genau. Nur die alten, hässlichen Mauern, die lässt er stehen. Und unser Berg ist inzwischen so zugerichtet wie das Gebiss eines Greises, durchlöchert und kaputt. Als Weideland sind die Hügel schon ewig nicht mehr zu gebrauchen. Und auch nicht mehr wie früher zum Wäschetrocknen. Unzählige Schafe sind schon kläglich verendet, weil sie sich beim Sturz in die Gräben den Hals gebrochen haben. Aber darum kümmert sich dieser Schliemann nicht.«

Jannis wollte widersprechen, doch fiel ihm nichts ein, was er dazu hätte sagen sollen.

Nikos sah ihn herausfordernd an: »Und was ist mit uns? Was haben wir davon? Sag mir das! Von dem Gold und all den anderen schönen Dingen sehen wir nie etwas wieder.

Dabei gehören all die Schätze, die der Boden hergibt, doch wohl uns Griechen hier in der Türkei und nicht in irgendein anderes Land. Aber wir können uns nichts davon kaufen. Frag dich doch mal selbst: Ist nicht vielleicht Schliemann der eigentliche Dieb?«

Das reichte Jannis nun aber doch entschieden! Wutentbrannt und mit allem Mut, den er aufbringen konnte, hob er die Hand und fast sah es so aus, als wollte er seinem großen Bruder eine schwungvolle Ohrfeige verpassen.

»Bist du so dumm oder tust du nur so?«, raunte er ihm zu. »Was die beiden Männer getan haben, ist ein Verbrechen. Hast du überhaupt eine Ahnung, was diese Idioten mit dem Goldschmuck machen werden? Einschmelzen werden sie ihn, darauf kannst du Gift nehmen. All die kostbaren Gegenstände werden schon bald nicht mehr da sein!« Und leise fügte er hinzu: »Und ich vielleicht auch nicht ...«

»Oh, mir kommen gleich die Tränen«, erwiderte Nikos und blickte ihm verächtlich grinsend ins Gesicht.

In der Zwischenzeit hatten sie das Grabungsgelände erreicht und Nikos eilte dorthin, wo das Arbeitsgerät für den Tag verteilt wurde, die Schubkarren, Hacken und Schaufeln. Jannis erklomm derweil den höchsten Punkt des Hügels. Von hier aus konnte er das gesamte Gelände übersehen. Er starrte nachdenklich vor sich hin. Wie furchtbar kraftlos er sich plötzlich fühlte! In der Magengegend spürte er einen dicken, zitternden Klumpen. So also fühlte sich Angst an, richtige Angst, Todesangst. Konnte es schlimmer kommen? Er war nicht nur ein nachgewiesener Hasenfuß, der sich bei jeder Gelegenheit vor Angst fast in die Hose machte, sondern auch noch ein Pechvogel, der durch einen unglücklichen Zufall nun eine Morddrohung am Hals hatte. Voll Selbstmitleid seufzte er tief.

Ein lautes Signal ertönte: Arbeitsbeginn. Die Männer mussten sich beeilen, um zu ihren Arbeitsplätzen zu gelangen und mit Hacken, Schaufeln und Schubkarren ihre Arbeit dort wieder aufzunehmen, wo sie am Tag zuvor aufgehört hatten. Jeder von ihnen wusste genau, was zu tun war: den Boden lockern, Körbe füllen, Erde abtransportieren, Gräben vertiefen und erweitern und dabei ganz besonders auf Mauern, Scherben, Gefäße und Knochen achten, also auf das Übliche, was der Boden in dieser Tiefe hergab.

Das Quietschen einer Schubkarre direkt neben ihm riss Jannis aus seinen trüben Gedanken. Beim Anblick der lustig aussehenden Kiste auf Rädern huschte der Hauch eines Lächelns über sein Gesicht. »Na, hast du die beiden Halunken schon entdeckt?« Sein Bruder stellte sich neugierig zu ihm. Jannis seufzte erneut. »Schau dich doch um!« Er wies mit ausladender Handbewegung über das riesige Grabungsgelände, auf dem die zahllosen Männer wie geschäftige Ameisen herumwuselten. »Jeder Zweite hier ist dick ...«

»Ja«, stellte Nikos grinsend fest: »Und alle anderen sind mehr oder weniger dünn. Also genauso wie die, die wir suchen, das erleichtert unsere Sache nicht gerade.«

»*Unsere* Sache?«, fragte Jannis erstaunt.

»Na ja«, sagte Nikos in versöhnlichem Ton. »Ich glaube zwar, du hörst die Flöhe husten, keine noch so kleine Schlange wird dich beißen, nichts Aufregendes wird passieren und die Männer sind ganz bestimmt arme Schlucker, die einfach Geld brauchen und unentdeckt bleiben wollen. Aber wenn es dich beruhigt, dann bin ich bereit, dir zu helfen und diese Typen zu finden. *Und* das Gold, versteht sich! Aber dann kassiere ich eine Belohnung, nur dass du es weißt …«

Jannis lachte erleichtert auf und blickte seinen Bruder bewundernd von der Seite an. Sofort fühlte er sich bedeutend wohler. Wie sehr hoffte er, dass Nikos recht behalten würde …

»Was wissen wir denn über die beiden: dass sie scharf auf Reichtümer sind, so wie alle hier. Und wir können noch nicht einmal sicher sein, dass die beiden in diesem Moment überhaupt hier sind. Es ist zum Verzweifeln. Wo also sollen wir beginnen?«

Wie viele Männer mochten es sein, die da auf dem Grabungsgelände durcheinanderwuselten? Hundert bestimmt, wahrscheinlich noch mehr, viele aus ihrem eigenen Dorf, noch mehr aber aus den umliegenden Ortschaften, aus Kalifatli, Kumkaleh, aus Jenischacher, Bauern, die sich hier einen zusätzlichen Verdienst sicherten, Männer, von denen die Brüder die meisten, wenn überhaupt jemals, dann gelegentlich hier auf der Grabung gesehen hatten. Etliche gingen viele Meter unterhalb der Erdoberfläche, auf dem Boden eines der vielen Gräben, ihrer Arbeit nach. Man konnte sie nicht sehen, nur hören und erahnen, wenn sie Griechisch oder Türkisch miteinander sprachen, lachten, schimpften, ihre Hacken in den harten Erdboden schlugen oder aber gelegentlich den Rauch einer heimlich angezündeten Zigarette in den Himmel aufsteigen ließen.

Der nächste Blick der Jungen galt dem riesigen Graben, dem Ort der nächtlichen Mutprobe, der wie das weit aufgerissene Maul eines Ungeheuers offen vor ihnen lag. Jannis trat dicht an den Abgrund heran und blickte nach unten. Gebannt starrte er auf die Stelle, an der er in der letzten Nacht so viele Stunden ausgeharrt hatte. Er erkannte den Platz, an dem er sich zitternd zusammengekauert hatte. Und er versuchte, eine Unregelmäßigkeit in der Grabenwand zu entdecken, die Stelle, aus der die Diebe den Schatz geholt hatten. Aber die Männer hatten wirklich gute Arbeit geleistet und alles genauso hinterlassen, wie sie es vorgefunden hatten.

»Pass bloß auf«, schimpfte plötzlich einer der unten stehenden Arbeiter und blickte voller Wut zu ihm hinauf. »Oder willst du mich bei lebendigem Leib begraben?«

Unter Jannis' Füßen hatten sich Erde und kleine Steine gelöst und waren rieselnd zu Boden gefallen. Erschrocken sprang er einen Schritt zurück und Nikos flüsterte ihm zu: »Sei froh, dass du nicht dort unten arbeiten musst. Ich will dir ja nicht noch mehr Angst einjagen, als du ohnehin schon hast, mein lieber JS, aber ab jetzt solltest du ganz besonders gut auf dich aufpassen! Erinnerst du dich denn wirklich an gar nichts? Gibt es nicht irgendetwas, woran wir wenigstens einen der Männer wiedererkennen könnten?«

Jannis verfiel in nachdenkliches Grübeln.

»Doch, vielleicht«, entfuhr es ihm plötzlich. »Eine komische Sache fällt mir ein. Der Dicke sagte etwas von *Glocken läuten* ...«

Nikos legte nachdenklich die Stirn in Falten. »Glocken läuten? Was für Glocken? Versteh ich nicht, du? Wie auch immer, das Einfachste wird sein, dich im Auge zu behalten. Wer dich einen Graben runterschubst, dich verschüttet oder dir eine Giftschlange unter die Jacke stopft, der macht sich eindeutig verdächtig.«

Bei diesen Worten grinste Nikos wieder. Er nahm die Sache einfach nicht ernst und träumte nur von der Aussicht ganz ungeahnten Reichtums: von der Belohnung, wenn er das Gold unbeschädigt wiederfand.

Auf dem Grund des Schlundes waren die Männer jetzt damit beschäftigt, den Boden zu lockern. Dazu stießen sie mit voller Wucht ihre Hacken in die harte Erde der seitlichen schmalen Grabenwände und ließen bei jedem Schlag den durchfurchten Hügel erzittern. Neben den hackenden Arbeitern standen ihre Kollegen mit den Schaufeln. An einigen Stellen warteten Ochsenkarren, dazu bestimmt, die Erdmassen beiseitezuschaffen, und große, mechanische Hebegeräte, sogenannte Winden, mit deren Hilfe sich die oft riesigen Höhenunterschiede überwinden ließen.

Solange gehackt wurde, hatten die anderen Arbeiter wenig zu tun und stützten sich gelangweilt auf ihr Arbeitsgerät. Nikos musste lachen, als sein Blick auf einen der Männer fiel, der im Stehen eingeschlafen war. Seine Schaufel diente ihm als Stütze und wankte gefährlich hin und her. Sie gingen weiter.

In einem der nächsten Erdschächte, der sich noch tiefer in den Hügel hineinfraß als die anderen Gräben und dessen Seitenwände bedenklich weit in die Höhe ragten, entdeckten sie ihren Vater. Er hatte inzwischen seinen Arbeitsplatz erreicht und begrüßte seine Kollegen. »*Jassou* – hallo«, rief er ihnen fröhlich zu und tauschte hier und da ein freundliches Wort und ein kumpelhaftes Schulterklopfen aus.

»Los, Jungs, steht da nicht rum, sondern geht an die Arbeit«, rief er seinen Söhnen von unten mahnend zu. »Ihr wisst, wie streng Schliemann ist. Jede Minute, in der nicht gearbeitet wird, zieht er uns vom Lohn ab …«

»Ja, dieser deutsche Archäologe ist wirklich ein Sklaventreiber!«, schnaubte Simeon, ein alter Arbeiter, der neben dem Vater stand und auf einer Hacke lehnte, voller Wut. »Nicht einmal mehr rauchen dürfen wir, selbst dieses kleine Vergnügen hat er uns genommen, dieser *wlakas*, dieser Blödmann! Eine ganz gewaltige Lektion müsste man ihm erteilen, damit er kapiert, dass er uns so nicht behandeln kann. *So* nicht!«

»Immer mit der Ruhe, mein Freund«, versuchte der Vater den Alten zu beruhigen. »Niemand zwingt dich dazu, hier zu sein. Dass der Kyrie erklärt, welche Regeln auf seiner Ausgrabung gelten, ist doch wohl nur verständlich, und auch, dass wir uns danach zu richten haben. Schließlich zahlt er unseren Lohn aus eigener Tasche. Und er zahlt nicht schlecht ... Wenn du anfangen willst, die Stimmung zu versauen, dann lass dich hier besser nicht wieder blicken, sondern bleib zu Hause!«

Jannis und Nikos sahen, wie das Gesicht des Alten vor Wut erstarrte und wie er ihrem Vater einen Schritt entgegentrat. »Ach, so denkst du also? Dann gehörst du zu denen, die das hier alles ganz in Ordnung finden, ja?«, grummelte Simeon unwirsch.

»Was meinst du?«, hörten die Jungen ihren Vater erstaunt fragen. Doch Simeon drehte sich, ohne eine Antwort zu geben, abrupt zur Seite, um seine Wut durch einen kräftigen Schlag mit der Hacke in die Wand des Grabens zu entladen. »Eine Lektion müsste man ihm erteilen, eine Lektion müsste man ihm erteilen ...«, murmelte er dabei im Takt der Arbeit.

Der Vater grinste seinen Söhnen augenzwinkernd zu, dann trieb er sie mit einer Handbewegung noch einmal nachdrücklich zur Eile an. »Wo bleibt denn eigentlich Spyros, dieser Langschläfer, kommt er etwa schon wieder zu spät?«

Fast im selben Moment trat ein mürrisch aussehender junger Mann an den Abgrund des Grabens und Nikos' und Jannis' Vater rief ihm zu: »*Kalimera,* Spyros, da bist du ja endlich! *Ti echis* – was hast du? Welche Laus ist dir denn über die Leber gelaufen? Du machst ja ein Gesicht wie sieben Tage Regenwetter.«

Der junge Mann reagierte auf die Begrüßung mit einem wütenden Knurren, schüttelte missmutig den Kopf und blieb stumm. Ein kleines Mädchen, das ihn zur Grabung begleitet hatte und stolz das Frühstück neben ihm hertrug, ergriff für ihn das Wort. Übermütig sprudelte es aus ihm heraus: »Spyros wird heiraten, schon in wenigen Tagen«, piepste die Kleine.

Spyros gab ihr daraufhin einen groben, unfreundlichen Schubs und fauchte das Mädchen an: »Halt deinen Mund, hörst du? Das muss niemand wissen!«

»Heiraten? Ja, aber das ist doch wunderbar und ein Grund zur Freude! Wir werden feiern, tanzen, es gibt zu essen und zu trinken, Lamm, Ouzo, Halwa«, malte sich Nikos das bevorstehende Fest aus.

Und sein Vater ergänzte: »Lass dein langes Gesicht und freu dich. Du wirst sehen, schon bald bist du der glücklichste Mann der Welt.«

Nun endlich begann Spyros voller Abscheu: »Der glücklichste Mann? Ja, tatsächlich glaubte ich bis vor Kurzem noch, genau das zu sein, der glücklichste Mensch! Bis gestern glaubte ich das, bis mein Vater mir erklärte, was er sich für meine nächste Zukunft überlegt hat: eine Hochzeit. *Meine* Hochzeit, um genau zu sein! Da bekam ich bereits einen riesigen Schrecken. Als er mir dann den

Namen der Frau nannte, die er für mich ausgesucht hat, dachte ich, ich müsse sterben.« Spyros machte eine Pause. Seine Zuhörer warteten gespannt darauf, dass er weitersprach, doch er hüllte sich in Schweigen.

»Erzähl doch!«, fragte Jannis neugierig in die entstandene Stille. »Wer ist es denn? Kennen wir sie?«

Spyros reagierte mit schmerzverzerrtem Gesicht: »Aber sicher kennt ihr sie. In der ganzen *Troas* ist sie bekannt als das hässlichste und streitsüchtigste Weibsbild, das man sich unter der Sonne überhaupt nur vorstellen kann.«

Für einen Moment herrschte Totenstille.

Dann sagte Nikos: »Oh nein, doch nicht etwa ...« Er wagte kaum, den Namen jener Frau auszusprechen, deren Bild ihm bei Spyros' Beschreibung durch den Kopf ging. Jenes Wesen, bei dessen Erscheinen sich der Himmel zu verdunkeln schien, weil ihr Aussehen so erschreckend war.

»Doch genau *die*! Aglaia Stasinopoulos!«

Alle, die das Gespräch gehört hatten, starrten Spyros voller Entsetzen an, schüttelten missbilligend ihre Köpfe und murmelten bedauernde Worte. Nur weil die beiden Väter Freunde waren, mussten sie doch nicht gleich ihre Kinder miteinander verheiraten. Auf der anderen Seite: Was blieb dem Vater des jungen Mannes für eine Wahl? Für eine junge hübsche Frau ganz nach dem Geschmack des Bräutigams fehlte es Spyros' Familie einfach an dem nötigen Reichtum. Die »Brautgabe«, eine schöne Stange Geld, die die Familie eines Mädchens von der Familie des

Bräutigams erhielt, konnten sich seine Eltern nicht leisten. Ein Mann, der kein Geld besaß, blieb deshalb ohne Braut. Und ein Mädchen, das hässlich war wie die Nacht, wartete vergeblich auf einen Bräutigam, eine einfache Rechnung.

»Die hat doch so eine schiefe Nase, schielt und ist mindestens doppelt so alt wie du«, konnte Nikos sich nicht verkneifen, laut auszurufen.

Und Jannis fügte hinzu: »Und sie hinkt und überragt dich um einen Kopf, mindestens.«

Der missmutige und schlecht gelaunte Simeon grummelte schadenfroh: »Und, wann sollen denn die Hochzeitsglocken für euch läuten?«

Verzweifelt brüllte Spyros den Alten an: »Wenn ich noch einmal das Wort ›Hochzeitsglocken‹ höre, passiert ein Unglück! Hast du mich verstanden?«

Trotz eines gewissen Mitleids für Spyros konnten sich die Jungen ein Kichern nicht verkneifen, bis der Vater sie mit strafenden Blicken zum Schweigen zwang. Um den jungen Mann ein wenig aufzumuntern, sagte er fröhlich: »Weißt du, mein Junge, oft verbirgt sich hinter einer unschönen Schale ein guter Kern. Ganz bestimmt beurteilen wir deine Braut ganz falsch und sie ist ein ganz wunderbarer Mensch … Vertraue deinen Eltern, die bei dieser Wahl ganz sicher nur dein Bestes im Auge haben. Du kennst doch den alten Spruch: ›Befolge den Rat von Alten und Verheirateten; sie haben viel Brot und Salz gegessen.‹«

»Ich höre wohl nicht richtig!«, schrie Spyros empört. »Ich will überhaupt keinen Rat befolgen, weder einen von dir, Jorgos, noch den von irgendeinem anderen. Bevor ich diese Frau heirate, geschieht ein Unglück. Eher wird es Tote geben. Oder ich werde sterben! Ich bin zu allem bereit, nur nicht zu einer Hochzeit mit dieser Frau, die ich nicht liebe, sondern abgrundtief verabscheue. Das schwöre ich, bei allem, was mir heilig ist. Und ihr seid meine Zeugen!«

Das kleine Mädchen hatte Spyros' Worte schweigend mitangehört und fing nun an, jämmerlich zu weinen.

»Zoe, *du* musst doch nicht heulen.« Der junge Mann drückte ihr einen Kuss auf die Nase und versetzte ihr mit Nachdruck einen kleinen Schubs. »Los, lauf nach Hause zu deinen Eltern, aber erzähl niemandem davon, was du gerade gehört hast.«

Jannis blickte Nikos vielsagend an. Warum ermahnte Spyros das Mädchen zum Schweigen? »Komm, lass uns hier abhauen und mit der Arbeit anfangen«, flüsterte er mit einem bedeutungsvollen Unterton in der Stimme. Nikos musterte ihn fragend.

Im selben Moment verstummten die Gespräche der Arbeiter abrupt. Ein sonderbar aussehender Mann von schmaler, mittelgroßer Gestalt, einem auffallend großen Kopf und einer hohen Stirn, kam mit großen, zügigen Schritten auf die Gräben zugeeilt, Heinrich Schliemann, der Archäologe aus Deutschland, genannt der »*Kyrie*«, der »Herr«. Trotz der Hitze sah man ihn nie anders als mit einem schwarzen Anzug bekleidet und um seinen Hals hatte er sich ein dunkles Band, eine Krawatte, gebunden, deren Anblick bei sämtlichen Arbeitern immer wieder ein Schmunzeln auslöste. Glücklich sah er nicht aus, seine Stirn war von Sorgenfalten durchfurcht und sein Gesichtsausdruck verriet seine innere Anspannung. Die Männer ergriffen ihr Arbeitsgerät und erwarteten seinen ersten Kontrollgang an diesem Tag.

Die Jungen schnappten sich die Schubkarre und eilten zu ihrer Arbeitsstelle, wo ihre Aufgabe wie an jedem anderen Tag darin bestand, die aus dem Graben freigeschaufelte Erde in das quietschende Gefährt zu hieven. Ein seltsames Ding, eine solche Karre. Bevor Schliemann hier auf dem Berg von Hissarlik mit seiner Grabung begonnen hatte, hatten sie nie zuvor einen solchen Gegenstand gesehen. Noch nicht einmal ein Wort dafür hatten sie gekannt. Immer abwechselnd fuhren sie mit der voll beladenen »Kiste auf Rädern« bis zum Abhang des nächsten Hügels, um ihren Inhalt nach unten rieseln zu lassen. Im Lauf der Zeit hatte sich auf diese Weise die Landschaft verändert, ein weiterer Hügel war entstanden.

Jannis zog seinen Bruder ein wenig zur Seite und zischelte ihm zu: »Soeben haben wir unseren Fall gelöst. Spyros ist einer der nächtlichen Diebe, ganz klar!«

Nikos sah ihn fragend an.

»Glocken – Hochzeitsglocken! Verstehst du?«, fuhr Jannis fort. »Die beiden Männer haben in der Nacht über Glocken geredet. Sie haben eine Hochzeit gemeint. Eine bestimmte Hochzeit, Spyros' Hochzeit! Spyros braucht Geld, um Geld für eine andere Braut zu haben. Oder auch Gold, egal. Und er ist zu allem bereit. Es wird ein Unglück geschehen, eher wird es Tote geben – das hat er wörtlich gesagt, du hast es selbst gehört. Und falls er diese Frau heiraten muss, ist er bereit zu sterben. Alles würde er tun, damit das nicht passiert. Und die kleine Zoe soll ihren Mund halten.«

»Spyros?«, erwiderte Nikos mit erstauntem Gesichtsausdruck. »Meinst du wirklich?«

»Aber ja!« Jannis war ganz aufgeregt. »Aus Angst vor einer Hochzeit ist er zu allem bereit, zu Raub genauso wie zu Mord. Tagsüber erkundet er als braver Schubkarrenfahrer die Ausgrabung, schmeichelt sich bei Schliemann ein, tut ganz so, als sei er ein Ehrenmann, indem er ihm einen Teil der Gegenstände aushändigt, die er beim Buddeln findet. Kassiert dafür sogar noch eine Belohnung und einen dankbaren Händedruck. Aber nachts holt er sich dann den Rest von all dem, was er am Tag entdeckt hat, schließlich weiß er ja, wo es interessant werden könnte ... Hast du den goldenen Ring an seinem linken kleinen Finger gesehen? Den kann er noch nicht lange haben, der wäre mir aufgefallen, wo er doch sonst immer so armselig herumläuft. Und so mürrisch er auch aussieht, sobald er einen Blick auf diesen Ring wirft, strahlt sein Gesicht. Da, sieh ihn an, schon wieder tut er das ...« Die Jungen hatten sich umgewandt und betrachteten den Verdächtigen. Tatsächlich konnte nun auch Nikos sehen, wie in Spyros' Augen ein strahlendes Fünkchen aufflammte, sobald er das Schmuckstück an seinem Finger betrachtete.

»Ich bin mir sicher, dieser Typ treibt schon länger sein hinterlistiges Spiel mit uns. Und weil wir in der letzten Nacht auf der Grabung waren, sind wir ihm dummerweise auf die Schliche gekommen … Den Dünnen haben wir also, jetzt müssen wir nur noch den Dicken finden.«

Ohne dass es die Jungen bemerkt hatten, kam in diesem Moment Zoe, das kleine Mädchen, das Spyros begleitet hatte, hinter einem der Büsche hervorgekrabbelt und stellte sich vor sie.

»Ich habe alles gehört, was ihr gesagt habt, aber Spyros hat nichts Böses gemacht«, rief sie, so laut es ihr zartes Stimmchen erlaubte.

Die Jungen zuckten erschrocken zusammen und blickten zu dem Mädchen, dessen Gesicht noch immer tränenüberströmt war. Dann sagte Nikos spöttisch zu ihr: »Wen haben wir denn da? Ist das nicht die kleine Zoe?«

»Ihr dürft Spyros nichts tun. Er hat nichts Böses gemacht!«, wiederholte sie. »Ganz bestimmt nicht, ich kenne ihn, er wohnt neben uns und ist wie ein Bruder für mich. Er war doch nur so wütend, als er das sagte, dass er jemanden umbringen würde. Das würde er aber niemals tun! Er ist auch kein Dieb«, wiederholte Zoe noch einmal. Und mit dem größten Mut, den sie aufbringen konnte, fuhr sie fort: »Aber ihr habt was Böses gemacht. Ihr wart nachts auf der Grabung. Ihr haltet mich für dumm, nur weil ich klein bin, aber das bin ich nicht. Wenn ich euch helfen darf bei der Suche nach dem wirklichen Dieb, dann verrate ich niemandem etwas von dem, was ihr gemacht habt.«

»Hörst du das? Da will uns dieser kleine Wurm also erpressen.« Nikos lachte wütend auf. Mit einem Satz sprang er auf das Mädchen zu und versuchte es zu packen. Doch obwohl Zoe fast vor Schreck erstarrte, gelang es ihr, sich blitzschnell umzudrehen und dorthin zu verschwinden, von wo sie so plötzlich aufgetaucht war. »Ja, hau bloß ab!«, rief Nikos ihr hinterher. »Da hast du dir aber einen tollen Freund ausgesucht. Lass dich hier bloß nicht wieder blicken, hast du gehört? Und komm nie wieder in unsere Nähe!« Nachdem nichts mehr von ihr zu sehen und zu hören war, sah Nikos übermütig lachend Jannis an. »Der haben wir's aber gezeigt, was? Die sind wir los, wetten?«

Jannis, der sich den kleinen Zwischenfall schweigend angesehen hatte, machte auch jetzt seinen Mund nicht auf. Ihm kam das traurige Gesicht des kleinen Mädchens in den Sinn, das voller Tränen gestanden hatte. Was hatte das zu bedeuten?

Verschüttet!

Jannis blieb keine Zeit, länger über Zoe nachzudenken, denn im selben Moment ertönte aus dem großen Terrassengraben ein lautes und aufgeregtes Geschrei.

»*Voissia* – Hilfe! Hilfe!«

»Kommt alle zu Hilfe! Holt Schliemann!«

»Gott steh uns bei …«, hörten sie die Stimmen mehrerer Männer laut und verzweifelt durcheinanderrufen. Die anderen Arbeiter ließen augenblicklich ihre Arbeitsgeräte fallen, kletterten umständlich aus ihren Gräben oder rannten einfach los, dorthin, wo die Stimmen und wehklagenden Hilfeschreie immer lauter wurden. Schlagartig bildete sich eine Menschentraube etwa an der Stelle, an der zuvor Spyros mit seiner Schubkarre gestanden hatte.

»Los, komm«, rief Nikos seinem Bruder zu, »da scheint etwas passiert zu sein!«

Die beiden Jungen hasteten los. Beim Graben angekommen, blieben sie wie erstarrt neben den anderen stehen und konnten kaum fassen, was sie dort sahen. Vor ihnen lag der Ausgrabungsschacht, doch er hatte seine exakt gerade Form verloren, die seitlichen Schnitte waren ausgefranst und die Erdwände waren in sich zusammengebrochen. Die Stelle am oberen Grabenrand, an der Spyros noch kurz zuvor gestanden und böse Worte über seine Hochzeit, seine widerwärtige Braut und über Tote und Verletzte verloren hatte, war nicht mehr da, weggebrochen und mitsamt der umgebenden Erdmassen mehrere Meter weit nach unten gerutscht.

In dem Durcheinander hörte man die Männer immer wieder Namen rufen, laut und eindringlich, unter anderem den ihres Vaters, Jorgos. Die Jungen sahen sich fragend an und ließen ihre Blicke über das Gelände schweifen. Wo mochte ihr Vater sein? Sie konnten ihn nicht entdecken. Was war bloß geschehen? Und was war mit den anderen Männern, deren Namen sie immer wieder hörten, mit Simeon, Andreas und noch einigen weiteren? Langsam dämmerte es ihnen und von den Umherstehenden erfuhren sie durch kurze, aufgeregte Zurufe Genaueres: Ohne jede Vorwarnung war eine Wand des Grabens in sich zusammengebrochen, hatte unbeschreibliche Massen von Sand, Erdboden und Steinen nach unten gedrückt und insgesamt sechs Männer unter sich begraben. Die Beine der Verunglückten waren von den schweren Erdmassen wie Spielzeuge einfach zur Seite gerissen worden. Sie hatten augenblicklich das Gleichgewicht verloren und waren einfach umgefallen. Dann waren weitere Erdmassen auf sie heruntergerutscht und der Erdboden hatte sie verschluckt. Mehrere Arbeiter hatten sich vorsichtig der Unglücksstelle genähert, um zu helfen, und begannen behutsam und mit bloßen Händen, den Boden zu durchwühlen.

»Hier ist einer!« Solche und ähnliche Rufe hörten Jannis und Nikos von verschiedenen Stellen und beobachteten, wie es sich unter dem lockeren Sand regte und bewegte, wie nach und nach Simeon, Andreas und drei weitere Männer mehr oder weniger munter aus dem Erdboden krabbelten.

»Und wo ist Vater?«, Jannis starrte seinen Bruder angsterfüllt an.

Von Jorgos war nichts zu sehen, nichts zu hören. Er war begraben bei lebendigem Leib! Alle Männer, auch jene, die soeben noch selbst im Boden gesteckt hatten, standen oder hockten wie erstarrt und blickten wie versteinert auf die Unglücksstelle. So musste es aussehen, wenn die Erde gebebt und keinen Stein und kein Sandkorn auf dem anderen gelassen hatte. Aber die Erde hatte nicht gebebt, etwas anderes musste dieses Unglück ausgelöst haben. Aber was? Die Jungen hätten nicht sagen können, wie lange sie so verharrten. Sie waren kaum fähig, einen klaren Gedanken zu fassen, und nicht in der Lage, auch nur einen Finger zu rühren. Wie durch einen Nebelschleier nahmen sie wahr, dass Schliemann zur Unglücksstelle geeilt kam, kurz die Geretteten musterte und mit ihnen redete, einigen der herumstehenden Männer knappe Fragen stellte und ihnen dann klare Befehle erteilte.

Ob sie sicher waren, dass noch einer verschüttet war?

»Ja, absolut sicher«, antwortete der eine.

Die Jungen bemerkten, wie blass Schliemann wurde. Wo genau hatte der Verschüttete sich befunden, als die Erdmassen und Steine auf ihn herabgestürzt waren?

»Etwa hier«, zeigte ein anderer. »Vielleicht aber auch eher dort«, wusste ein Dritter. Und noch ein Vierter gab seinen Kommentar ab: »Nein, sucht hier, sucht bei dem großen Marmorbalken. Ich bin mir sicher, er müsste dort sein … er stand während des Unglücks genau unterhalb dieses riesigen Steines, der in einem der seitlichen Gräben steckte. Unter dem dahinrieselnden Sand ist dieses wahnsinnig schwere Teil dann nach unten gerutscht.«

Die Jungen starrten auf einen riesigen Marmorquader, der in seinen ganzen unbeschreiblichen Ausmaßen auf dem Boden lag. Sie bekamen kein Wort über die Lippen, doch die Blicke, die sie wechselten, waren deutlicher als jeder ausgesprochene Satz.

»Wir können hier nicht untätig herumstehen«, schienen Nikos' Augen zu sagen. Und Jannis stimmte ihm zu.

Wie auf Zuruf sprangen sie gleichzeitig über die durch den Einsturz entstandene Schräge bis zur tiefsten Stelle des Grabens hinab. Mit bloßen Händen, vorsichtig und doch schnell, wie besessen, begannen sie den Boden rund um den Marmorblock umzuwühlen.

Sie blieben nicht lange allein, einige Arbeiter folgten

sogleich ihrem Beispiel. Und sogar Spyros tauchte plötzlich in ihrer Nähe auf, seine Stirn war schweißbedeckt, während auch er begann, den Boden umzupflügen. In allen Gesichtern standen Angst und Verzweiflung.

Wie viel Zeit mochte vergangen sein, seitdem das Unglück passiert war? Keiner der beiden Jungen hätte diese Frage sicher beantworten können. Hätte man seitdem bis hundert, bis tausend oder gar noch weiter zählen können? Die Jungen mochten diesen Gedanken nicht zu Ende denken. Bei der Vorstellung, dass ihr Vater, falls er überhaupt noch am Leben war, seit mehreren Minuten ohne Luft zum Atmen auskommen musste, schnürte sich ihnen der Hals zu. Doch sie buddelten weiter. Über dem Graben, aus dem zuvor die munteren Stimmen der Männer erklungen waren, lag nun tödliche Stille. Einzig die Geräusche, die während des Wühlens im Boden entstanden, waren zu hören. Endlich riss Jannis sie durch einen schrillen Aufschrei aus ihrem erstarrten Schweigen: »Hier! Kommt her, ich glaub, ich hab ihn!«

Nikos, Schliemann und die anderen Männer, unter ihnen Spyros, sprangen zu ihm hinüber. Im selben Moment sah man, wie der Kopf des Verschütteten sichtbar wurde. Er hatte die Augen geschlossen, sein Gesicht war aschfahl. Nikos und Jannis befreiten Mund und Nasenlöcher vorsichtig vom Sand, die anderen Männer schaufelten mit ihren großen Händen den restlichen Körper frei.

Behutsam hoben sie ihn hoch, dann trugen sie ihn aus der Tiefe des Grabens an die Erdoberfläche. Die Arme und

Beine des Verschütteten hingen leblos herab. Kein Laut drang über seine Lippen. Nikos und Jannis sahen sich an, gelähmt vor Angst. War ihr Vater tot? Er sah aus, als schliefe er, aber seine Augen und sein Mund blieben geschlossen und seine Gesichtszüge unbewegt.

Ein Arbeiter klatschte ihm mehrmals mit der flachen Hand auf die Wangen, sodass sein Kopf hin- und herflog. Schon ging ein hoffnungsvolles Raunen durch die Menge, das in einem enttäuschten Aufseufzen endete, als die Männer feststellten, dass der Verunglückte reglos liegen blieb.

Schliemann war noch immer kreidebleich. Er griff in seine Jackentasche und zog eine kleine Flasche daraus hervor, schraubte sie auf und schüttete den Inhalt in sein Taschentuch. Dann schob er vorsichtig seinen linken Arm unter den Kopf des Verunglückten, hob ihn ein wenig hoch und hielt das durchfeuchtete Tuch dicht vor sein Gesicht.

»Atme«, murmelte er in flehendem Ton, »bitte, Jorgos, atme!« Immer wieder sprach er die Worte wie eine Beschwörung. Ansonsten war es totenstill. Mehrere Sekunden verstrichen. Ohne es zu bemerken, hatten Nikos und Jannis den Atem angehalten und starrten wie gebannt auf ihren Vater. Weitere kostbare Augenblicke vergingen, ohne dass irgendetwas geschah.

Doch dann, was war das? Von einer Sekunde auf die andere ging eine Veränderung in dem Gesicht ihres Vaters vor sich. Die Jungen bemerkten zunächst das leichte Zucken in einem seiner Mundwinkel, noch bevor die anderen

Männer sahen, wie sich seine Augenbrauen zusammenzogen und er das Gesicht in Falten legte.

»Himmeldonnerwetter noch einmal«, fluchte er plötzlich leise, blickte zunächst auf das Tuch vor seiner Nase, dann sah er in die Runde und verzog sein Gesicht zu einem Lächeln.

»Er lebt!«, riefen die Männer, während sich Jannis und Nikos vor Freude gleichzeitig lachend und weinend auf ihren Vater stürzten.

»Jorgos Savvidis lebt! Er lebt!«, riefen einige Männer immer wieder, bis es auch der Letzte von ihnen verstanden hatte.

Auf einer schnell herbeigeschafften Bahre trugen sie ihn in den Schatten des Grabungshauses und reichten ihm mehrere Gläser Wasser, die er begierig seine ausgedörrte Kehle herabfließen ließ.

Plötzlich haute sich Jannis mit der Hand auf die Stirn. »Kann man so dumm sein wie wir?«, flüsterte er seinem Bruder zu. Nikos starrte ihn fragend an.

»*J*orgos *S*avvidis!« Während Jannis den Namen sprach, betonte er die Anfangsbuchstaben. »Verstehst du? JS! Vielleicht war das gar kein Unfall, verstehst du? Vielleicht haben die Männer ihre Drohung wahr gemacht und JS einen Denkzettel verpasst.«

Nikos stutzte. »Mein Gott, vielleicht hast du recht«, murmelte er fast tonlos. »Und weißt du, wer sich oberhalb des Grabens befand, als das Unglück passierte? Spyros! War das ein Zufall? Ist dir das aufgefallen? Obwohl der

Graben genau dort zusammengestürzt ist, wo er mit seiner Schubkarre stand, ist ihm überhaupt nichts passiert. Das ist doch komisch, oder?«

Die Jungen sahen sich an.

Bereits im nächsten Moment wurden sie aus ihren Gedanken gerissen, als Yannakis, ein breitschultriger, muskulöser Mann, der Schliemann als Vorarbeiter diente, auf sie zutrat: »Nehmt euren Lohn. Geht mit eurem Vater nach Hause. Schliemann gibt euch beiden heute frei und eurem Vater so lange, bis er wieder gesund ist.«

Die Jungen halfen ihrem Vater auf die Beine, stützten ihn, der eine links, der andere rechts, und humpelten so zu ihrem wartenden Esel, der den Verletzten nach Hause trug.

Unerwarteter Besuch

Während der Esel gleichmütig den Weg entlangtrabte, blickten sich Jannis und Nikos immer wieder voller Sorgen an. Der Vater hielt sich mühsam auf dem Rücken des Tieres und krümmte sich vor Schmerzen. Die Brüder ahnten, dass in ihren Köpfen dieselben Gedanken kreisten: War das wirklich ein Unfall gewesen? Schwer zu sagen. Auf jeden Fall hatte ihnen dieser Vorfall etwas Wichtiges gezeigt. Sie mussten Spyros im Auge behalten. Und noch etwas anderes war ihnen plötzlich bewusst geworden: Offenbar gab es nicht nur einen einzigen JS, der seit der Nacht der Mutprobe in Gefahr schwebte.

Besonders Jannis machte sich Vorwürfe. Bisher hatte er nur an sich gedacht und an die Gefahr, in der er selbst schwebte: »JS, wer immer du bist, dich kriegen wir …« – genau so hatte der Dicke gedroht, die Worte hatten sich Jannis ins Gedächtnis gebrannt. Und natürlich hatte er geglaubt, dass die Drohung ihm und keinem anderen gegolten hatte …

Vor ihrem Haus angekommen, brachten die Jungen den Esel zum Stehen und halfen dem Vater beim Absteigen. Stavroula, die Mutter, hatte sie durch das Küchenfenster kommen sehen und stürzte zusammen mit Elena, der älteren Schwester der Jungen, nach draußen.

»Was, um Gottes willen, ist passiert?«, schrie sie entsetzt. Während sie gemeinsam den humpelnden und ächzenden Verletzten ins Haus führten, berichteten Jannis und Nikos, was vorgefallen war.

»*Agapi mou* – mein Lieber, wie konnte das nur geschehen?«, klagte Stavroula immer wieder und dankte gleichzeitig der gütigen Muttergottes für das Überleben ihres Mannes. Sie brachten den Vater zu einer großen Liege unter dem Fenster. Er streckte sich stöhnend darauf aus, während Jannis ihm mehrere Kissen unter Kopf und Oberkörper stopfte. Die Mutter forderte Elena auf, aus dem Nebenzimmer einen kleinen Topf mit einer heilenden Kräuterpaste zu holen, mit der sie die schmerzenden Stellen des Verletzten einrieb, und schickte Elena danach erneut los. Sie kam kurz darauf mit einer Kanne kochend heißen Wassers sowie mehreren frischen Pfefferminzblättern zurück, aus denen sie dem Vater einen duftenden Tee bereitete. Mit sorgenvollen Gesichtern setzten sich Mutter, Schwester, Jannis und Nikos schließlich zu dem Vater ans Krankenlager und betrachteten ihn. Stavroulas Frage: »Hast du starke Schmerzen?«, beantwortete er mit einem wortlosen Stöhnen, dem er ein kleines dankbares Lächeln hinterherschickte. Immer wieder wurden Jannis und Nikos von Mutter und Schwester aufgefordert, den Hergang des Unglückes genau zu beschreiben, und die Jungen taten, worum man sie bat. Während sie abwechselnd erzählten, schloss der Vater die Augen und sagte kein Wort, ganz so, als könne er die Erinnerung an das Geschehene nicht ertragen. Darüber schlief er nach einer Weile erschöpft ein.

Nikos dämpfte seine Stimme: »Ihr könnt euch nicht vorstellen, wie furchtbar das war: Kein Mucks war mehr zu hören und nichts mehr zu sehen. Alle sechs Männer waren plötzlich wie vom Erdboden verschluckt.« Die entsetzten Blicke von Mutter und Schwester wanderten zwischen Jannis, Nikos und dem schlafenden Vater hin und her und die Mutter begann augenblicklich, leise ein weiteres Dankgebet zu murmeln.

»Keinen Moment später hätten wir ihn finden dürfen«, ergänzte Nikos. »Und wenn Kyrie Schliemann nicht sein Wundermittel dabeigehabt hätte, mit dem er Tote zum Leben erwecken kann, wer weiß …«

Die Mutter war noch immer außer sich vor Aufregung. »Wie hat das denn bloß passieren können?«, wiederholte sie immer wieder. Die Jungen sahen sich an. Genau das war es, worüber sie sich selbst seitdem ununterbrochen den Kopf zerbrachen. *Wie hatte das passieren können?*

Nikos begann: »Es gibt doch nur zwei Möglichkeiten: Entweder war es ein Unfall.« Er machte eine Pause.

Stavroula sah ihn fragend an und forderte ihn mit einem Nicken auf weiterzureden.

»Oder es war *kein* Unfall«, fuhr er zögernd fort.

»Was soll das heißen?« Stavroula musterte ihren Sohn überrascht.

»Was könnte es denn sonst gewesen sein?« Auch Elena blickte ihren Bruder erstaunt an.

Jannis bedachte Nikos mit einem warnenden Blick, der zu sagen schien: »Pass auf, was du sagst!«

»Wieso, ist doch ganz logisch.« Nikos räusperte sich umständlich. »Wahrscheinlich war's ein Unfall. Ganz bestimmt sogar. Wundern tät's mich nicht. Ihr könnt euch nicht vorstellen, wie tief Kyrie Schliemann die Gräben an einigen Stellen hat graben lassen, stimmt's, Jannis?« Während sein Bruder bestätigend nickte, fuhr Nikos fort: »Da reicht schon eine kleine Erschütterung und eine ganze Wand aus Sand bricht in sich zusammen. Wahrscheinlich hätte es gereicht, wenn der Arbeiter, der oben gestanden hat, einmal kräftig gehustet hätte.« Nikos kicherte leise bei diesem Gedanken, doch die anderen blickten ihn mit ernsten, nahezu entsetzten Gesichtern an.

»Ja, und wer stand denn oben und hat möglicherweise gehustet?«, fragte die Mutter, die sich den Arbeitsalltag auf der Grabung beim besten Willen nicht vorstellen konnte. »Kennen wir ihn?«

»Nein, Mutter, ich glaube nicht, ein junger Mann aus Jenischacher«, versuchte Jannis ihren Nachfragen nach Spyros, ihrem Hauptverdächtigen, auszuweichen.

»Aus Jenischacher? Ein junger Mann, sagst du? Wie heißt er denn?« Elenas sonst so ruhige Stimme klang plötzlich seltsam aufgeregt und sie starrte ihren Bruder auffordernd an.

Jannis antwortete zögernd: »Du kennst ihn sicher auch nicht, Spyros Pantagiota heißt er.«

Elena zuckte zusammen und Jannis redete hastig weiter: »Nun ja, er muss oben gestanden haben, als unter ihm der Erdboden zusammenbrach. Zehn Meter, wusch, einfach weg. Wir waren ja nicht dabei, als es passierte, kamen erst eine Weile später dazu ...«

Elena gelang es nicht länger, ihre Unruhe zu verbergen, und fauchte ihre Brüder an: »Ja, und? Ist ihm was passiert?«

»Nein, seltsamerweise nicht, er ist munter wie ein Fisch im Wasser.« Während Nikos das sagte, schossen Elena Tränen in die Augen und sie wandte sich ab. Die Mutter war zu sehr mit ihren eigenen Sorgen beschäftigt, um es zu bemerken, aber den Jungen war das seltsame Verhalten ihrer Schwester keineswegs entgangen und sie blickten sich fragend an. Was war mit ihr los? Seit mehreren Tagen schon benahm sie sich merkwürdig. Und was war das schon wieder? Warum heulte sie jetzt? Nikos tippte sich mit einem Finger mehrmals heimlich an die Stirn und grinste Jannis an. Der Vater war doch mit einigermaßen heiler Haut davongekommen, zumindest lebte er.

Nikos stand auf und gab Jannis ein Zeichen, ihm zu

folgen. In der Küche hatten sie endlich Gelegenheit, einen Moment ungestört miteinander zu reden.

»Hör zu«, flüsterte Jannis nervös. »Wir müssen Spyros beobachten und durch ihn den Dicken finden.«

»Ja, und das Gold!«, fügte Nikos hinzu. »Aber beruhig dich, Jannis, im Moment dürfte Spyros noch auf der Grabung beschäftigt sein. Wenn er klug ist und keinen Verdacht erregen will, kommt er erst zusammen mit den anderen Arbeitern nach Hause.« Nikos sah durchs Fenster nach draußen und versuchte, sich anhand des Sonnenstandes eine ungefähre Vorstellung von der Uhrzeit zu machen. »Bis es so weit ist, haben wir noch Zeit, würde ich sagen.«

Im selben Moment klopfte es an der Tür. Jannis öffnete und führte einen alten, weißhaarigen Mann mit sonnengebräunter Haut und zahllosen Lachfältchen im Gesicht ins Wohnzimmer.

»*Jassou*«, begrüßte er die Familie mit lauter Stimme, was zur Folge hatte, dass Jorgos aus seinem kurzen Schlaf aufschreckte. Sein Gruß wurde ernst, aber freundlich erwidert. Jeder im Raum wusste: Der Besuch des Mannes, den alle Dimmi nannten, versprach normalerweise Ablenkung und Abwechslung und das konnten sie alle jetzt gut gebrauchen!

Sein richtiger Name war Demetrios Poliorketes, er war der Dorfälteste und wusste wie kein anderer genauestens über alle Geschehnisse im Dorf Bescheid. Er war klug, konnte lesen und besaß sogar mehrere Bücher. Er kannte jeden im Dorf, vergaß trotz seines hohen Alters nie etwas, genoss das Vertrauen aller, die hier lebten, hatte seine Augen und Ohren überall und konnte wie kein Zweiter die interessantesten Geschichten erzählen. Mit anderen Worten: Dimmi war stets willkommen und jeder empfand es als große Ehre, ihn für eine Weile als Gast im Hause zu haben.

»Oh, Dimmi, wie schön, dich zu sehen.« Stavroula erhob sich von ihrem Stuhl. »Setz dich hierher, zu Jorgos.«

Dimmi dankte, deutete eine kleine Verbeugung an, dann nahm er Platz und wandte sich an den Verletzten: »Unkraut vergeht nicht, was? Wie geht es dir? Welchem Gott sollen wir dafür danken, dass du noch am Leben bist? Unserem oder einem von denen, die dort unten das Sagen haben?« Die Jungen sahen, wie ein kaum wahrnehmbares Lächeln über das Gesicht ihres Vaters huschte. Er versuchte, sich auf seinem Krankenlager zu drehen, um Dimmi besser sehen zu können, doch bereits bei der kleinsten Bewegung stöhnte er laut auf vor Schmerzen. Stavroula kam herbeigeeilt, um ihrem Mann zu helfen. Zu dem Alten gewandt sagte sie: »Nun, Dimmi, was gibt es Neues? Erzähl uns etwas und bring uns auf andere Gedanken mit deinen Geschichten.«

Und Dimmi, der kaum etwas Schöneres kannte, als andere mit seinen Erzählungen zu unterhalten, tat ihr den Gefallen: »Eine gute Idee. Die eigenen Sorgen vergisst man am schnellsten, wenn man sich mit denen anderer beschäftigt, ist es nicht so?«

Nikos und Jannis sahen sich entgeistert an, das hatte ihnen gerade noch gefehlt. Wenn Dimmi anfing, seine oft endlosen Geschichten zu erzählen, dann kamen sie hier nicht so schnell weg.

Stavroula und Elena lächelten erwartungsvoll und spitzten die Ohren und sogar der Vater schien für einen Moment seine Schmerzen zu vergessen.

Dimmi begann: »Die alte Myrsini Stammatou ist gestorben, völlig überraschend. Damit hatte niemand gerechnet, alle hatten gedacht, die Alte würde ewig leben und nie ins Gras beißen, tja, aber nun ist die Hexe tot. In wenigen Tagen wird ihre Beerdigung sein und gleich danach wird man ihre Enkelin Aglaia unter die Haube bringen, verheiraten, so erzählt man sich. Erst musste die Alte sterben, damit endlich Platz im Haus ist. Nun weiß Aglaias Vater gar nicht, ob er trauern oder feiern soll. Er hat sich wohl zum Feiern entschlossen, denn eher hätte man doch angenommen, dass die Welt untergeht, bevor Aglaia noch einen Mann abbekommen würde.«

Nikos und Jannis sahen sich an. Würde gleich von Spyros die Rede sein?

Tatsächlich fuhr Dimmi fort: »Nun ja, des einen Glück ist des anderen Leid. Ich sage nur: Spyros. Der Arme ist der Auserkorene, er ist Aglaias Bräutigam und wird bald die größte Schreckschraube der Gegend, die wohl hässlichste Frau der Troas, heiraten.«

Nikos und Jannis bemerkten, dass Elena bei diesen Worten zusammenzuckte.

Dimmi fuhr fort: »Es sei denn, Spyros wacht eines Tages auf und ist steinreich. Dann kann er sich freikaufen von diesem seltsamen Handel, den sein Vater da angezettelt hat. Aber ich fürchte, darauf kann er lange warten …«

Elena ergriff überraschend heftig das Wort: »Aber Dimmi, hoffen ist doch erlaubt. Wo wären wir ohne unsere Hoffnungen und Träume? Vielleicht hat der arme Spyros ja Glück und entdeckt eines Tages vor seiner Haustür eine Kiste voller Gold …« Bei dieser schönen und wunderbaren Vorstellung verklärte sich ihr Blick. Währenddessen hatte Nikos seinen Bruder nicht aus den Augen gelassen. Jetzt war auch er überzeugt, Dimmi hatte es ja soeben mit eigenen Worten bestätigt: Wenn es jemanden gab, der so dringend Geld oder auch Gold brauchte wie kein anderer, dann war es Spyros! Seine Zukunft, sein Glück, sein ganzes Leben hingen davon ab. Konnte irgendjemand verdächtiger sein als er?

Für einen Moment senkte sich Schweigen über den Raum und jeder der Anwesenden hing seinen eigenen Gedanken nach. Dimmi nutzte die Gelegenheit, setzte sich gemütlich zurecht und begann von Neuem mit einer kleinen Erzählung:

»Vor einigen Tagen war ich in Canakkale, um einen alten Freund zu besuchen, den ich seit Langem nicht gesehen hatte. Dort angekommen, band ich meinen Esel an einen Baum und war gerade im Begriff, den Hof meines Freundes zu betreten, als sich vier Hunde auf mich stürzten. Ich versuchte, sie durch laute Drohungen einzuschüchtern, warf

Steine nach ihnen, aber all das blieb ohne Erfolg. Die Bestien umzingelten mich, fletschten ihre Zähne, kamen immer dichter und dichter an mich heran und waren kurz davor, mich zu zerfleischen. Was sollte ich tun? Ich schrie laut um Hilfe, aber zu meinem großen Unglück war niemand auf dem Hof und auch nicht in der Nähe, denn mein Freund hatte mich noch nicht so früh erwartet. So war ich ganz auf mich gestellt. Ganz auf mich? Aber nein, nicht ganz, und Not macht bekanntlich erfinderisch, wie man so schön sagt ...« Für einen Moment hielt er inne. »In dieser schrecklichen Lage fiel mir nämlich etwas ein, etwas, das ich vor einiger Zeit gelesen hatte und das in diesem Moment schlagartig in meiner Erinnerung auftauchte. Eine Begebenheit, geschrieben vor mehr als 2000 Jahren von dem berühmten und großartigen Schriftsteller namens Homer, ihr habt sicher von ihm gehört. Schließlich sind es seine Werke, die diesen deutschen Archäologen Schliemann hierher zu uns gebracht haben.«

Stavroula, Elena und sogar Jorgos nickten und die Brüder stöhnten leise. Das konnte ja ewig dauern, bis Dimmi fertig war! Dimmi überhörte es und nahm das Nicken als Ermunterung, um mit seiner Erzählung fortzufahren.

»In einem seiner Bücher schreibt Homer über Odysseus, den weisen, listenreichen König der Griechen. Der befand sich einmal in einer ähnlichen Situation wie ich ...« Und Dimmi lehnte sich mit geschlossenen Augen zurück und rezitierte den Text, den er auswendig kannte: »›*Sobald die bellenden Hunde den Odysseus sahen, ka-*

men sie heulend herbeigelaufen; Odysseus aber setzte sich klugerweise auf die Erde und ließ seinen Stab aus der Hand fallen …‹ Ja, und genau so wie der weise König verhielt ich mich auch. Ich setzte mich auf den Boden, machte mich so klein wie irgend möglich und rührte mich nicht von der Stelle. Das habe ich von Odysseus gelernt: Ich zeigte den Tieren auf diese Weise meine Demut, meine Unterwerfung und sie verstanden, bildeten einen Kreis, ließen mich zwar nicht mehr aus den Augen, aber sie ließen mich in Ruhe. Hätte ich mich auch nur einmal gerührt, wären sie über mich hergefallen. Zum Glück erschien nach einiger Zeit mein Freund auf dem Hof und befreite mich aus meiner unglücklichen Situation. Er half mir bei Kaffee, Süßigkeiten und gutem Zuspruch, mich zu erholen, und schon bald konnte ich laut über das lachen, was mir passiert war: Mein Leben, zumindest meine Gesundheit, verdankte ich also einem uralten Schriftsteller und einem trickreichen König, stellt euch das vor!« Auch über die Gesichter seiner Zuhörer huschte ein Lächeln. Nur Jannis und Nikos wurden immer unruhiger. Nervös rutschten sie auf ihren Stühlen hin und her. Am liebsten wären sie aufgesprungen und hätten das Haus verlassen. Sie hatten doch wirklich Wichtigeres zu tun, als sich alte, wundersame Geschichten anzuhören. Die Mutter bemerkte die Ungeduld ihrer Söhne und ermahnte sie mit strengen, strafenden Blicken. Die Jungen wussten, was das heißen sollte: »Sitzt still, gebt endlich Ruhe und hört Dimmi zu! Das ist ein Gebot der Höflichkeit.«

In Dimmis Gegenwart schien sich der Vater etwas zu erholen und wandte sich leise an den Gast: »Dimmi, erzähl noch mehr vom alten Homer, erzähl die schöne Geschichte von Troja, vom Trojanischen Krieg, von Paris und Helena. Wir alle kennen sie, aber keiner erzählt sie so wunderbar wie du ...«

»Ja, Dimmi, bitte«, bat nun auch Stavroula. »Nichts wird Jorgos besser kurieren als eine Gedankenreise in die Vergangenheit ...« Und während Dimmi mit einem großen Schluck Wasser seine Kehle befeuchtete, sich zurücklehnte, räusperte und kurz die Augen schloss, ahnten Nikos und Jannis seufzend, dass soeben ihre schlimmsten Befürchtungen wahr wurden: Gleich würde hier, mitten in ihrem Haus, noch einmal der Trojanische Krieg toben und wahrscheinlich nicht so bald ein Ende finden.

Zeitreise wider Willen

Was ich euch erzählen will, ist lange her und doch ist es wirklich geschehen – die Geschichte vom Trojanischen Krieg. Blutige Kämpfe, Tapferkeit und Tod, List und Betrug, all das fand nicht nur in den unsterblichen Gesängen des großen Homer statt, sondern auch in der blutigen Wirklichkeit und – wie ihr wisst – möglicherweise genau hier, in der Troas, im alten Troja, in Hissarlik. Der Krieg um Troja ereignete sich zu einer Zeit, als die Menschen an Götter glaubten, die inzwischen fast vergessen sind, an Zeus, Hera, Athene, an Apoll, Artemis und viele andere, und nicht zuletzt an Aphrodite, die Göttin der Liebe … und ebenso an gewaltige, mutige Helden, an den listig-schlauen Odysseus genauso wie an den tapferen Achill.«

Jannis und Nikos sahen sich an und verdrehten heimlich die Augen. Über den Trojanischen Krieg hatten sie schon manches Mal gehört, aber Dimmi schien heute eine besonders ausführliche Variante zu wählen.

Der Alte erzählte weiter: »So lange ist das her und man mag es kaum mehr glauben: Die Troas war früher ein wunderbares Land, die Felder brachten reiche Ernten, auf den Weiden grasten Rinder, die Wälder waren voller Wild und das Meer voller wohlschmeckender Fische. Und mittendrin, die ganze Landschaft überragend, thronte die prachtvolle, mächtige, stolze Stadt, das unglückliche Troja.«

Seine Zuhörer versuchten sich vorzustellen, was Dimmi mit leuchtenden Augen beschrieb, geradeso, als sähe er es leibhaftig vor sich. Leicht war das nicht. Wer sich heute in der Troas, in der Gegend rund um Hissarlik, umschaute, sah etwas anderes. Reichtümer waren selten geworden und auch von der wundersamen Stadt Troja war nichts mehr zu sehen, sie war nicht mehr da, verschwunden, untergegangen, versunken, mit all ihren mächtigen Stadtmauern und Palästen. Doch wenn man den alten Geschichten und Kyrie Schliemann, dem deutschen Archäologen, glauben wollte, musste sie einmal da gewesen sein, genau hier – möglicherweise verborgen in dem Berg von Hissarlik, wo der Kyrie fieberhaft nach ihr suchen und graben ließ.

Voller Begeisterung erzählte Dimmi weiter und ließ in seinen Worten die Vergangenheit lebendig werden: »Ein ganz besonderes Geschenk hatte der griechische Gott des Nordwindes der Gegend gemacht. Jeden Sommer, also in der Zeit, in der die Schiffe durch die Meerenge, die Dardanellen, segeln wollten, ließ er Boreas, den Nordwind, wochenlang und ohne Unterbrechung blasen. Das hatte zur Folge, dass die Schifffahrt durch die Meerenge vollständig zum Erliegen kam, kein Schiff konnte mehr hindurch. Und die Kapitäne mit ihren reich beladenen Schiffen konnten nichts anderes tun als warten, warten und nochmals warten.«

Nikos' und Jannis' Blicke trafen sich und sie mussten ein Stöhnen unterdrücken. Warten, warten, warten, auch sie mussten das. Es war wirklich zum Verzweifeln!

»Und das taten sie hier, in Troja, hier warteten die Kapitäne, bis der Nordwind nachließ. Währenddessen begannen sie, mit ihren kostbaren Waren Handel zu treiben. So wurde Troja zu einer wohlhabenden und begehrten Stadt. Das Leben hätte wunderbar sein können, aber eines darf man nicht vergessen: Damals war die Troas das so ziemlich gefährlichste Land auf der ganzen alten Welt. Im Osten lebten die mächtigen Hethiter, Streitwagenkämpfer, die einen großen Teil des Vorderen Orients beherrschten, und im Westen lauerte eine andere kriegerische Macht: die Griechen.

Zu jener Zeit lebte hier in Troja ein junger schöner Prinz. Denkt an Spyros und ihr habt eine ungefähre Vorstellung, wie Paris, so hieß der Königssohn, ausgesehen haben könnte. Paris war der Sohn des Königs Priamos und von ganz außergewöhnlich liebreizendem Wesen, und zwar so sehr, dass die drei griechischen Göttinnen Hera, Athene und Aphrodite ihn zum Schiedsrichter in einem Schönheitswettbewerb ernannt hatten. Er sollte beurteilen, welche von ihnen die Schönste sei. Weil er selbst so wunderschön war, trauten sie keinem anderen Menschen als ihm ein gerechtes Urteil zu. Sie ließen also ihre Hüllen fallen, traten nackt vor ihn hin und er betrachtete jede von ihnen eine Weile. Dann entschied er sich und erklärte Aphrodite, die Göttin der Liebe, zur Siegerin. Und warum gerade sie? Nicht etwa deshalb, weil er sie wirklich für die Hübscheste hielt – bildschön waren alle drei nämlich gleichermaßen –, sondern weil ihm diese Göttin zuvor etwas ganz Besonderes versprochen hatte, etwas, das ihn über alle Maßen reizte. Nein, nicht etwa Macht und auch nicht Klugheit, sondern …« Dimmi sah seinen Zuhörern nacheinander in die Augen, und obwohl sie alle die Geschichte und damit auch die Antwort auf diese Frage kannten, hingen sie gebannt an seinen Lippen, da er seine Worte jedes Mal ein wenig anders wählte und ausschmückte, »… sondern Liebe, und zwar die Liebe der schönsten Frau der Welt. Und wie du weißt, hieß sie fast so wie du«, sagte er zu Elena gewandt. »Helena! Damit ihr mich richtig versteht: Aphrodite versprach dem Königssohn, dass sich diese Frau in *ihn* verlieben würde, das war für sie überhaupt kein Problem, schließlich besaß sie in Liebesdingen alle Macht der Welt und hielt die Fäden in der Hand. Aber leider war Helena bereits verheiratet, und zwar nicht mit irgendwem, sondern mit keinem Geringeren als dem griechischen König von Sparta, mit Menelaos. Eines Tages geschah Folgendes: König Menelaos hatte zu einem großen Fest gebeten, zu einem feierlichen Gastmahl. Eingeladen war auch Paris, unser schöner Prinz aus Troja. Selbstverständlich folgte er der Einladung des mächtigen Königs, schließlich wollte er den Griechen nicht verärgern, obwohl er dafür einen weiten Weg in Kauf nehmen musste, von Troja nach Sparta ist es nun mal kein Katzensprung, sondern eine Reise von mehreren Tagen. Aus Anlass der feierlichen Einladung hatte sich Paris ganz besonders schön angezogen, hatte seine Haut mit duftenden Ölen eingerieben und sein langes, lockiges Haar zu einem Knoten im Nacken hochgebunden. Er sah noch schöner aus als sonst. Und die Stimmung war so feierlich wie selten. Emsig hin und her eilende Sklaven tischten das wunderbarste Essen auf, es gab Honig, Feigen, Brot. Dazu Fleisch: Lamm, Zicklein, Schwein, Hase, Reh und wilden Eber. Für den von weit her gereisten Ehrengast gab es außerdem kostbaren Fisch. Und dazu literweise geharzten Wein.«

Dimmi machte eine kleine Pause und trank schlürfend einen Schluck des heißen Tees, den Stavroula ihm hingestellt hatte. Dann fuhr er mit seiner Erzählung fort: »Als Helena den Festsaal betrat, erstarben alle Gespräche und jeder betrachtete nur noch Menelaos' schöne Frau. Sie war in ein fließendes Gewand aus dünner Wolle gehüllt, das von purpurroten Streifen durchzogen war und strahlend und kostbar schimmerte. Um ihre zarten, nackten Handgelenke wanden sich goldene Armreifen und auch ihren schlanken Hals schmückte ein goldenes Geschmeide. Verzierte Elfenbeinkämme hielten ihr dunkelblondes Haar und es glänzte wie reine Seide. Und ihr wunderschönes Gesicht sah an diesem Abend ganz besonders liebreizend aus, denn die Sklavinnen hatten ihre Augen schwarz geschminkt. Ihr könnt es euch denken, um Paris war es sofort geschehen, er war augenblicklich verliebt über beide Ohren.«

Elena ließ ein leises Seufzen hören, während sie gebannt zusammen mit den anderen weiter Dimmis Worten lauschte: »Genau in diesem Moment trat Aphrodites Zauber in Kraft. Helena sah Paris in die Augen und zum ersten Mal seit Langem spürte auch sie einen Stich mitten ins Herz. Auch sie spürte das süße Gift der Liebe durch ihren Körper strömen, auch sie hatte sich Hals über Kopf in den trojanischen Prinzen verliebt. Von diesem Moment an waren die beiden unzertrennlich.«

»Ja, und der König, was sagte der dazu?«, fragte Jannis dazwischen.

Dimmi lachte bitter. »Ja, Menelaos war darüber natürlich alles andere als glücklich. Vielleicht hätte er seine Frau ziehen lassen können mit dem Mann, für den ihr Herz nun schlug, aber welcher Mann tut das freiwillig? Ich kenne keinen! Nein, selbst dann nicht, wenn die Frau hässlich sein sollte wie die Nacht. Na ja, dann vielleicht schon ... Aber Helena war wunderschön und Menelaos liebte und brauchte seine Frau, in jeder Hinsicht. Der junge Prinz sah also nur einen Ausweg: Er musste seine Angebetete entführen. Und genau das tat er! Eine richtige Entführung war das natürlich nicht, wenn ihr versteht, was ich meine. Helena nämlich war begeistert, als ihr Liebster plötzlich vor ihr stand, um sie in seine reiche und prächtige Heimatstadt zu holen. Sie wehrte sich nicht, sondern stieg bereitwillig auf das Schiff ihres Geliebten und gemeinsam segelten sie über die Meere nach Troja …«

Über Elenas Gesicht huschte der Anflug eines Lächelns.

Dimmi fuhr fort: »Schon bald entdeckte der verlassene Menelaos, was passiert war, er alarmierte sofort all seine griechischen Freunde, Fürsten und Helden, unter ihnen auch Achill und Odysseus, lauter starke, mutige und furchtlose Männer. Schon viele Jahre zuvor hatten sie dem König nämlich etwas geschworen: Falls Helena einmal geraubt werden sollte, würden sie sie zurückholen, um jeden Preis! Zunächst verfolgten sie Paris und Helena bis nach Troja. Nachdem sich die beiden aber in der Stadt verschanzt und die Tore wieder hinter sich verschlossen hatten, versuchten die Griechen vergeblich, in die Festung einzudringen. Zehn Jahre lang schafften sie das nicht, zehn Jahre lang herrschte Krieg.

In dieser Zeit wurde unendlich viel Blut vergossen, die mutigsten Helden ließen ihr Leben, Hektor, Patroklos und Achill, die Amazonenkönigin Penthesilea, um nur einige zu nennen, und auch Paris überlebte die Kämpfe nicht. Na ja, um es kurz zu machen«, sagte Dimmi mit Blick auf den verletzten Jorgos: »Erst nachdem der listenreiche Held Odysseus ein riesiges Pferd aus Holz hatte bauen lassen und es den Trojanern als Geschenk überreicht hatte, kamen die Griechen ihrem Ziel einen Schritt näher. Sie stellten das gezimmerte Tier vor dem Stadttor ab, machten kehrt und taten so, als würden sie auf Nimmerwiedersehen aus Troja verschwinden. Die Trojaner freuten sich über das Kriegsende und über das schöne Geschenk, sie zogen das Pferd in ihre Stadt, genehmigten sich noch einen Gutenachttrunk und legten sich schlafen. Damit war ihr Schicksal allerdings besiegelt, denn was sie nicht ahnten: Im Innern des Pferdes hatten sich mehrere Männer versteckt. Und die, kaum war Ruhe in der Stadt eingekehrt, krabbelten leise aus dem hölzernen Tier, öffneten von innen die riesigen Stadttore und ließen die draußen wartenden griechischen Krieger hinein, Tausende, Zehntausende. Ich kann euch sagen, ein unglaubliches Kampfgetümmel muss sich damals in Troja abgespielt haben. Jetzt floss Blut ohne Ende und bald mischten nicht nur die stärksten und mutigsten Männer, sondern auch Göttinnen und Götter mit. Die Göttin der Liebe beispielsweise, Aphrodite, war eine von denen, die zu dem Liebespaar Paris und Helena hielt, andere Göttinnen und Götter wiederum kämpften auf Menelaos' Seite. Innerhalb kürzester Zeit lag die Stadt in Schutt und Asche, viele Einwohner und die meisten der kühnsten griechischen Helden waren tot.«

So hatten Nikos und Jannis die Geschichte bisher noch gar nicht betrachtet. Dass vor mehr als zweitausend Jahren die großen Helden der Griechen genau hier gekämpft, gelebt und geliebt hatten, erfüllte sie alle mit einem unglaublichen Stolz. Sie selbst waren Griechen und, wer weiß, vielleicht sogar mit dem einen oder anderen der großen Helden von einst entfernt verwandt. ›Solch einen Feigling wie mich hat es früher bestimmt nicht gegeben‹, dachte Jannis beschämt.

»Und was wurde aus Helena? Das habe ich mich bisher nie gefragt ...«, rief Elena dazwischen.

Dimmi antwortete: »Ja, Helena überlebte. Ob sie aber nach den vielen Jahren und den furchtbaren Strapazen noch immer so schön war wie am Anfang, möchte ich bezweifeln, aber egal ... Als ihr Mann sie nach der langen Zeit endlich wiedersah, hatte er nur eines im Sinn: Auch sie sollte sterben, ihre Strafe bekommen, sie, die zusammen mit Paris so viel Leid über die Menschen gebracht hatte. Er erhob sein Schwert, holte zum todbringenden Schlag aus, um ihrem Leben für immer ein Ende zu setzen. Doch er ahnte nicht, dass sich noch jemand für die ganze Geschichte verantwortlich fühlte: die Göttin Aphrodite, die die Liebe zwischen Paris und Helena ja überhaupt erst entfacht hatte. Als Aphrodite sah, dass Helena in Lebensgefahr schwebte, griff sie zu der einzigen Waffe, die sie besaß, nämlich zur Liebe. Sie ließ ihren kleinen Sohn Eros einen Pfeil auf Menelaos abfeuern. Obwohl er ihn direkt ins Herz traf, tötete er ihn nicht, sondern bewirkte, dass sich Menelaos erneut in Helena verliebte, sodass er ihr alles verzieh ...«

Für einen Moment war es still im Raum und Dimmi schaute seine Zuhörer Beifall heischend an. Jannis und

Nikos seufzten erleichtert: Wenn Dimmis Trojanischer Krieg ein Ende gefunden hatte, konnten sie endlich das Haus verlassen!

Eine letzte Bemerkung fügte Dimmi ganz in Gedanken versunken hinzu: »Die Liebe ist eine göttliche Macht, vielleicht die größte, die es gibt. Manchmal trifft man sie dort, wo kein Mensch sie vermuten würde, dort, wo Aphrodites Pfeil zwei Menschenherzen für immer miteinander verbindet. Das war schon früher so und daran hat sich bis heute nichts geändert.«

Im selben Moment klopfte es erneut an der Tür. Diesmal stand Elena auf und kam mit einem großen, breitschultrigen Mann zurück ins Zimmer: Yannakis, Kyrie Schliemanns Vorarbeiter. Er grüßte kurz, wünschte dem Verletzten gute Besserung und überreichte ihm ein verschnürtes Päckchen. »Das ist für dich, Jorgos.« Der Vater streckte mühsam seine Hand danach aus. »JS« war in großen, gut lesbaren Buchstaben daraufgeschrieben. Jannis erschrak und Nikos stürzte sich auf den völlig verdutzten Vater, riss ihm das Geschenk mit den Worten »Mach das nicht auf, *Babà*!« aus der Hand und schleuderte es mit voller Wucht von sich.

Das Paket prallte gegen die Wand. Augenblicklich ergoss sich ein Regen aus Geldscheinen auf den Boden.

»Was soll denn das?« Die Stimme der Mutter klang scharf und durchdringend.

Auch der Vater ließ einen schwachen Aufschrei hören: »Nikos, was soll das?« Dann wandte er sich voller Staunen an den Gast: »Geld? So viel Geld bringst du, Yannakis?«

Der Vater verstummte und sah seiner Frau zu, wie sie die Scheine aufsammelte und zu einem dicken Stapel bündelte.

»Ja, du darfst es behalten. Von der Grabung. Damit es dir bald besser geht. Und damit du den Unfall schnell vergisst und damit du niemandem erzählst, was passiert ist …«, stammelte Yannakis unbeholfen.

Die Brüder sahen sich erstaunt an.

Nachdem er damit seine Aufgabe erledigt hatte, drehte sich Yannakis unbeholfen um, würdigte den von Elena angebotenen Tee keines Blickes und verließ mit kurzem Gruß das Haus. Während die Mutter in Gedanken die Summe überschlug, fand sie als Erste die Worte wieder und rief freudestrahlend: »*Agapi mou,* das wird für mehrere Ziegen und etliche Hühner reichen …«

»Ist der alte Kyrie Schliemann auf eine Goldader gestoßen?« Dimmi hielt seine Gedanken nicht zurück, sondern sprach sie laut aus. »Eine schöne Sache, dass er dir Geld zahlt, obwohl du in der nächsten Zeit erst einmal im Bett bleiben wirst. Aber so viel? Was hat das zu bedeuten, Jorgos? *Damit du niemandem erzählst, was passiert ist?* Was meint Yannakis damit? Sehr merkwürdig!«

»Ja, ein merkwürdiger Kauz, dieser Schliemann.« Beim Blick auf die vielen Geldscheine klang Stavroulas Bemerkung über den seltsamen Archäologen fast wie ein bewunderndes Kompliment.

Dimmi ergriff noch einmal das Wort: »Ja, ist dieser Schliemann nicht bemerkenswert? Kommt hierher, um Troja zu suchen. Viele Gelehrte halten Troja für die Erfindung jenes alten Dichters Homer. Und denen, die an Troja glauben, fehlt eines: der Beweis dafür, dass es die Stadt wirklich jemals gegeben hat. Kyrie Schliemann ist der Erste, der auf eine ebenso einfache wie geniale Idee gekommen ist: auf die Idee, nach Troja zu suchen, nicht in Büchern, sondern genau hier, in Hissarlik, indem er einfach danach gräbt. Viele Mauern habt ihr auf der Grabung schon gefunden, das wisst ihr selbst. Wenn er doch bloß endlich den Beweis für das finden würde, was er sucht, etwas, das der ganzen Welt zeigen könnte, dass hier einmal eine mächtige, prächtige Stadt gelegen hat, das alte, berühmte Troja!«

»Dimmi«, fragte Nikos zögernd, »was meinst du, was fehlt Kyrie Schliemann denn noch? Womöglich Gold?«

»Ja, mein Junge«, antwortete Dimmi, »ganz genau! Etwas, das dem mächtigen König, dem alten König Priamos von Troja, würdig gewesen wäre, mehr als Steine, Mauern und Gefäße: ein kostbarer Schatz!«

Nikos sah seinen Bruder an und Jannis blickte ernst zurück. Aber ja! Plötzlich begriffen sie: Das Gold war ein Beweis! Nicht nur, um mit seiner Hilfe einen Dieb zu überführen, sondern es war auch ein Beweis für Troja!

Auf heißer Spur

»Puh, ich dachte wirklich, Dimmi würde nie ein Ende finden!« Beim Gedanken an die ausschweifenden Reden des Alten musste Nikos befreit lachen. Schwungvoll ließ er die Haustür hinter sich und seinem Bruder ins Schloss fallen. Doch Jannis war nicht nach Lachen zumute, wenn er daran dachte, wie viel wertvolle Zeit sie durch Dimmis Nacherzählung des Trojanischen Krieges versäumt hatten.

Ungeduldig forderte er Nikos auf: »Los, komm schon. Wir sollten Spyros nicht länger aus den Augen lassen. Wenn wir uns an seine Fersen heften, wird er uns irgendwann zu seinem Komplizen und damit auch zum Gold führen. Am besten wäre es, wir würden uns unbemerkt zurück auf die Grabung schleichen und uns an seine Fersen heften.«

Nikos sah seinen Bruder entgeistert an: »Aber genau

dort sollten wir uns doch wohl besser nicht blicken lassen. Schließlich haben wir freibekommen, um uns um Vater zu kümmern. Bei so vielen Männern, die ihre Augen überall haben, würde man uns sofort entdecken, das darfst du glauben. Und dann wäre die Aufregung groß. Jeder würde wissen wollen, wie es Vater geht, und auch der Kyrie würde uns ganz sicher bemerken …« In entschiedenem Ton fuhr er fort: »Nein, vergiss es. Wir gehen dorthin, wohin Spyros heute nach getaner Arbeit zurückkehrt, dorthin, wo wir keinen Verdacht erregen, falls uns jemand sehen sollte: nach Jenischacher …«

Jenischacher war ein kleiner Ort an der Küste, mit dem Esel etwa eine Stunde von Hissarlik entfernt. Hier lebte Spyros mit seiner Familie.

»Du hast recht, früher oder später wird er da auftauchen«, willigte Jannis zögernd ein.

Gemeinsam banden sie den Esel los – der würde ihnen bei dem weiten Weg gute Dienste leisten und der Vater würde ihn heute sicher nicht benötigen – und schwangen sich hintereinander auf seinen Rücken. Nikos als der Größere gab ihm durch den Druck seiner Oberschenkel zu verstehen, dass er sich in Bewegung setzen sollte. Das Tier tat ausnahmsweise wie befohlen und trippelte los.

So eilten sie durch die Straßen von Hissarlik – zunächst Richtung Süden, wo sie die Hauptstraße erreichten, die in ihrem Verlauf den sanften Hügeln der Landschaft folgte und bald bergan, bald bergab führte. Sie ließen den Ort hinter sich und nach einer Weile in sengender Hitze erreichten sie das Flussbett des Skamander. Von hier aus schlugen sie ihren Weg nach Kalifatli ein, durchquerten das Dorf und bereits hinter dem nächsten Hügel erblickten sie in einiger Entfernung ihr Ziel: Jenischacher, das Dorf der »Ungläubigen«, wie die in der Umgebung lebenden Türken es gern bezeichneten, da hier ausschließlich Griechen, also keine Anhänger muslimischen Glaubens, sondern Christen, lebten. Es lag malerisch auf einer kleinen Erhebung, wie ein Felsennest, blickte von der einen Seite weit ins Landesinnere, von der anderen Seite direkt aufs Meer.

Neun große Windmühlen, die schon von Weitem erkennbar waren, wiesen den Jungen den Weg. Sie ritten weiter auf der Straße, die sie direkt ins Innere, auf die kleine Anhöhe des Ortes führte. Hier kannten sie sich ein wenig aus: Das kleine Haus, das Spyros gemeinsam mit seinen Eltern und seinen drei Geschwistern bewohnte, lag am Ortsausgang des Dorfes. Es war kaum mehr als eine bescheidene, ärmliche Steinhütte, die ihren sechs Bewohnern nicht viel mehr zu bieten hatte als ein Dach über dem Kopf. Sie sahen sich unauffällig um. Auf der gegenüberliegenden Straßenseite entdeckten sie eine verschattete Stelle, die ihnen als Beobachtungsposten für ihr geplantes Vorhaben bestens geeignet erschien: Sie banden ihren Esel fest und hockten sich hinter den Rest einer verfallenen Mauer, um vor unliebsamen Blicken geschützt zu sein, selbst aber ungestört Ausschau halten zu können. Das Haus des Verdächtigen lag ihnen genau gegenüber. Sie konnten es in aller Ruhe im Auge behalten und warten, bis Spyros nach getaner Arbeit hier erschien.

»Da, da bewegt sich etwas.« Jannis starrte gebannt zu dem Gebäude hinüber. Sie beobachteten eine Frau beim Versorgen einiger Hühner vor dem Haus, hörten das Geschrei eines kleinen Kindes aus einem der Fenster, sahen ein junges Mädchen das Haus betreten ... Sie warteten und warteten, sahen die Sonne ihren höchsten Stand verlassen und sich langsam dem Horizont nähern, beobachteten Dorfbewohner ihren Geschäften nachgehen und ihre Besorgungen machen, doch von Spyros fehlte jede Spur.

Plötzlich schraken die Jungen zusammen.

»Was macht ihr hier?«, fragte eine hohe, durchdringende Stimme.

Jannis und Nikos sahen sich um. Vor ihnen stand Zoe. Nikos sprang auf. »Du schon wieder? Hatten wir dir nicht gesagt, dass wir dich nicht mehr in unserer Nähe sehen wollen?« Er baute sich breitbeinig und mit in die Hüften gestemmten Fäusten vor der Kleinen auf. Zoe ließ sich davon nicht beeindrucken und redete mit übertrieben lauter Stimme weiter: »Ich weiß, was ihr hier macht!«, ließ sie die Jungen wissen. »Ich wohne nämlich da drüben, neben Spyros, und beobachte euch schon seit einer ganzen Zeit.«

»Ach ja?«, fragte Nikos spöttisch, doch sein Spott blieb ihm im Halse stecken, als er merkte, was Zoe vorhatte: Während sie mit eindringlicher Stimme auf ihn und Jannis einredete, zog sie die Aufmerksamkeit der Vorübergehenden auf sich, die neugierig zu ihnen herübersahen.

»Was willst du, du Kröte?«, zischte Nikos ihr böse zu.

Zoe antwortete siegessicher und ohne zu zögern, aber leiser als zuvor: »Ich will mit euch zusammen die beiden Diebe suchen!«

Nikos stöhnte auf: »Da kommst du zu spät! *Einen* Dieb haben wir nämlich schon, er wohnt da drüben und heißt Spyros!«

»Nein, das glaube ich nicht. Spyros würde nie einen Diebstahl begehen. Ich kenne ihn viel besser als ihr. Er ist mein Freund«, widersprach Zoe heftig. »Wenn ihr mich mitmachen lasst, dann verrate ich euch etwas. Etwas Interessantes. Es hat mit Gold zu tun. Wenn nicht, gehe ich morgen zu Schliemann und erzähle ihm alles, was ich über euch weiß!«

Nikos wurde sauer: »Mit Gold, sagst du? Du hältst dich wohl für ganz schön clever, was? Willst uns drohen und von hier weglocken, ja? Damit du deinen Spyros warnen kannst, stimmt's? Aber nicht mit mir. Ich werde mich nicht für eine Sekunde von hier entfernen. Jetzt erst recht nicht!« Er starrte Zoe wütend an, doch dann hellte sich seine Miene ein wenig auf: »Ich hab's!« Er nahm seinen Bruder ein Stück zur Seite und flüsterte ihm etwas zu, das Zoe nicht hören sollte: »Dieses kleine Schlitzohr will Spyros warnen, wetten? Wir machen es aber anders, als sie denkt: Ich bleibe hier, warte auf Spyros und behalte ihn im Auge. In der Zwischenzeit gehst du mit Zoe los. Mal sehen, was für eine komische Geschichte sie sich ausgedacht hat. Irgendwas mit Gold? Dass ich nicht lache!«

Jannis sah Nikos an. Was blieb ihm für eine Wahl? Wenn er seinem großen Bruder widerspräche, würde Nikos ihm wieder unterstellen, er, der Hasenfuß, würde sich nicht trauen, irgendetwas ohne ihn zu machen. Er seufzte. Nikos hätte nicht ganz unrecht, aber gleichzeitig beruhigte er sich: In welche Gefahr konnte ihn ein kleines Mädchen schon bringen?

Also machten sich Zoe und er auf den Weg durch das Dorf, überquerten einige kleine Sandwege, bogen nach links, dann nach rechts. Immer wieder drehte sich Zoe um, als suchte sie etwas. Plötzlich blieb sie abrupt stehen und flüsterte Jannis zu: »Sieh mal, die Alte da drüben. Die wollte ich dir zeigen. Seit heute Morgen läuft sie schon so durch unser Dorf!« Mit einer leichten Kopfbewegung deutete Zoe auf eine dicke Frau, die auf der Hauptstraße an ihnen vorbeispazierte und auf deren wankendes Hinterteil sie nun grinsend blickten. Erhobenen Hauptes und mit einem langen dunkelblauen Gewand bekleidet, stolzierte sie durch den Ort, langsam und majestätisch, so weit ihre ausladenden Hüften dies zuließen. Aus ihren Augenwinkeln beobachtete sie aufmerksam, ob man sie beachtete und ob ihr Auftritt die erhoffte Wirkung hatte. Ja, offenbar: Ihre in die Breite gezogenen Mundwinkel, überhaupt ihr ganzer Gesichtsausdruck zeigten, dass sie zufrieden war, mehr Aufmerksamkeit konnte man kaum erregen: Einige der Dorfbewohner steckten ihre Köpfe zusammen und begannen zu tuscheln. Kinder hörten auf zu spielen und starrten der Alten neugierig und mit offenen Mündern hinterher.

»Was ist denn mit der los?« Jannis tippte sich mit der Hand an die Stirn. »Die ist doch wohl nicht ganz richtig im Kopf, oder? Ist das die Kaiserin von China?«

Zoe musste lachen.

»Wohl eher die Kaiserin von Jenischacher«, antwortete sie. »Hast du ihre goldenen Ohrringe gesehen? Und die lange, goldene Kette?«

»Ja«, flüsterte Jannis, »noch nie habe ich hier irgendjemanden mit solch kostbarem Schmuck gesehen!« In den Dörfern rund um Hissarlik war niemand so wohlhabend, dass er sich einen derartigen Luxus hätte leisten können. »Das ist doch wirklich seltsam!«

Er sah Zoe an und seine Gedanken begannen zu kreisen: Was mochte das für ein Schmuck sein? Wo mochte die Alte ihn herhaben? Auch die anderen Dorfbewohner schienen überrascht zu sein bei dem ungewohnten Anblick ihrer mit Gold behängten Nachbarin: Handelte es sich bei dem Schmuck womöglich um das Diebesgut von der Grabung? Jannis wurde bei dem Gedanken ganz schwindelig. Doch genau diese Frage musste er beantworten. Aber wie? Sollte er tatsächlich eine wildfremde Frau verfolgen? Oder sollte er nicht besser so schnell wie möglich zu Nikos zurückkehren, um erst einmal mit ihm alles zu besprechen? Aber vielleicht war dies hier genau die heiße Spur, die sie zu dem anderen – dem gefährlichen Dicken – führte? Umso schlimmer. Ihm wurde angst und bange. Aber noch schlimmer wäre es, diese geheimnisvolle Spur wieder zu verlieren. Vielleicht konnte er jetzt endlich seinem Bruder beweisen, dass er kein Hasenfuß war. Dass er sich doch was traute.

Er gab Zoe mit dem Kopf ein Zeichen. Sie drehten sich um und schlenderten unauffällig der Alten hinterher, ohne sie auch nur für eine Sekunde aus den Augen zu lassen. Am Ende der Hauptstraße bog sie in eine kleine Gasse nach rechts, drehte dort eine Runde, wandte sich nach links, um die kleine Kirche des Ortes zu passieren, und kehrte erneut auf die belebtere Hauptstraße zurück.

Die Kinder sahen sich ratlos an.

Wie lange wollte sie dieses Spiel noch fortsetzen? Egal, sie taten es ihr nach und blieben ihr auf den Fersen. Plötzlich drehte sich die Alte abrupt um und trat mit energischen Schritten auf sie zu. Ihr zufriedener Gesichtsausdruck hatte sich zu einer wütenden Grimasse verzogen.

»Was wollt ihr?«, kreischte sie mit hochrotem Gesicht. »Warum verfolgt ihr mich?« Drohend erhob sie eine Hand und versuchte Zoe, die in ihrer unmittelbaren Nähe stand, eine Ohrfeige zu verpassen. Das Mädchen aber wich dem Schlag geschickt aus und begann der Alten mit zuckersüßer Stimme zu schmeicheln: »O Kyria, wir bewundern dein Aussehen, deine schönen Bewegungen und deinen kostbaren Schmuck. Du siehst aus wie eine Königin!«

Es war nicht zu übersehen, dass der Alten Zoes wohlgesetzte Worte gefielen. Doch voller Misstrauen blickte sie nun den Jungen an.

»Verehrte Kyria«, ergriff nun auch Jannis mit ernster

Miene das Wort und sprach dabei wie ein Erwachsener. »Eine Hochzeit, eine schöne Braut, noch nicht das passende Geschenk und der Bräutigam will nur das Beste, Schönste, Teuerste, verstehst du?« Unmissverständlich deutete er auf die goldenen Ohrgehänge und die Kette der Alten.

Sie schien zu verstehen, denn augenblicklich ging ein freudiges Strahlen über ihr faltiges, einfältiges Gesicht. Versöhnt blickte sie die Kinder an. Deshalb also hatten sie sie verfolgt, jetzt verstand sie! Zoe warf Jannis einen anerkennenden Blick zu. Eine wirklich gute Geschichte hatte er der Alten da aufgetischt. Bei all ihrem einfältigen Stolz war die Alte sofort darauf reingefallen und hielt sie nun für mögliche Kunden. Als wenn sie Interesse am Kauf von goldenem Schmuck hätten!

»Brave Kinder seid ihr. Habt ihr keinen Durst? Es ist doch so furchtbar heiß und staubig. Kommt mit in mein Haus und erfrischt euch.«

Als Jannis und Zoe dankbar zustimmend nickten, drehte sie sich um und spazierte zügig los. Was blieb Zoe und Jannis übrig, als ihr zu folgen? Nikos würde sich wahrscheinlich wundern, wo sie blieben. Vielleicht machte er sich sogar Sorgen und bekam es mit der Angst zu tun. Bei dem Gedanken musste Jannis fast grinsen: Nikos und Angst? Das passte nicht zusammen …

Nachdem Jannis und Zoe eine Weile durch ein verwirrendes Labyrinth von Straßen und Gassen geeilt waren, blieb die Alte in einer der staubigen Seitenstraßen vor einem einfachen Haus stehen. Die Tür war nur angelehnt und aus dem Innern drang ihnen ein unangenehmer, modriger Geruch entgegen.

»Tretet ein und seid willkommen«, forderte die Alte die Kinder auf. Mit großartiger Geste deutete sie auf ihr bescheidenes Zuhause, fast so, als würde sie vor einem prächtigen Königspalast stehen. Schweigend folgten die Kinder der Einladung. Sie betraten einen dunklen Raum und nahmen auf den bunt gemusterten, nicht mehr ganz sauberen Kissen Platz, die auf dem Boden ausgebreitet lagen und auf Gäste warteten. Die Alte füllte zwei Gläser mit Zitronenlimonade und reichte sie den Kindern. Dann nannte sie ihren Namen und auch die Kinder stellten sich vor. »Trinkt!«, ermunterte sie sie und verließ, zufrieden lächelnd, das Zimmer durch eine kleine Tür.

»Puh, so armselig wohnt die Kaiserin von Jenischacher? Reichtum sieht anders aus und ein Palast ist das nicht gerade.« Jannis rümpfte kichernd die Nase. »Ich hatte etwas anderes erwartet.«

»Aber dieses Getränk ist wunderbar! So etwas habe ich noch nie getrunken«, schwärmte Zoe. Sie genoss die Limonade in winzigen Schlucken und Jannis tat es ihr nach.

Kurze Zeit später wurden Stimmen laut, offenbar unterhielt sich die Alte mit einem Mann und aus dem Gespräch wurde ein Streit, da der Mann nicht derselben Meinung zu sein schien wie sie.

Die beiden sahen sich erstaunt an und versuchten, einige der undeutlichen Wortfetzen aufzuschnappen.

»… sind doch bloß Kinder …«, hörten sie die Alte mehrmals schreien, woraufhin die tiefe Männerstimme mit einem grollenden Gemurmel antwortete, von dem nur die warnend ausgesprochenen Worte, die wie »Pass bloß auf!« klangen, zu verstehen waren.

Die Kinder nippten wortlos an ihren Getränken. Nach einer Weile kam die Alte mit einer kleinen hölzernen Kiste in der Hand zurück. Sie setzte sich zu den Kindern auf den Boden und öffnete das Kästchen schließlich mit geheimnisvoller Miene.

»Wie schön ist denn die Braut? Vielleicht so schön?« Vorsichtig holte sie einen Ohrring hervor und hielt ihn Zoe ans Ohr, die sie dankbar anstrahlte.

»… oder womöglich noch schöner?«

Nacheinander blickten die Kinder erst auf den Ohrring in der Hand der Alten, dann ins Innere der Kiste, auf mehrere goldene Schmuckstücke, verbogene Armreife, verbeulte Goldknöpfe und weitere kleine Ohrringe. Jannis antwortete, ohne auch nur mit der Wimper zu zucken: »Die Braut? Sie ist wunderschön, und, um ehrlich zu sein, Kyria, noch viel, viel schöner als dein Schmuck in der Kiste. Stimmt's nicht, Zoe?« Jannis zwinkerte dem Mädchen heimlich zu, Zoe verstand und beantwortete seine Frage mit einem bestätigenden Nicken. »Oh ja, das kann man wohl sagen …«

Die Alte fuhr zusammen. »Wie bitte? Noch schöner?«

»Ja«, fuhr der Junge ungerührt fort, »mit diesem Schmuck hier«, er machte eine wegwerfende Handbewegung, »würde man die Braut nur beschämen. Sie hätte so etwas Wunderbares verdient, wie du es trägst. Hast du nicht noch mehr? Noch Schöneres? Noch Kostbareres? Geld spielt keine Rolle, sagte ich das bereits? Wir sind nicht von hier …«

Der Alten schien es die Sprache zu verschlagen, erstaunt blickte sie von einem Kind zum anderen. Meinten diese kleinen Bälger es ernst oder wollten sie sich nur einen Spaß mit ihr erlauben? Ihre Eitelkeit siegte. »Doch, ich habe noch mehr …!« Zögernd erhob sie sich, warf einen misstrauischen Blick auf ihre kleinen Gäste, geradeso, als würde sie in diesem Moment an die warnenden Worte ihres Mannes denken, und befahl den Kindern, sich nicht vom Fleck zu rühren, sondern hier auf sie zu warten. Mit der Kiste unter dem Arm verließ sie durch die hintere Tür den Raum.

Gleich darauf hörten sie erneut einen lauten, kurzen Wortwechsel zwischen ihr und der Männerstimme. Nur wenige Augenblicke später stand die Alte wieder lächelnd in der Tür, aber ihre Hände waren leer.

»Morgen bekommt ihr, was ihr wollt. Geht nach Kalifatli. Fragt dort nach Parthena Evdoxia und bestellt ihr einen Gruß von mir, habt ihr mich verstanden? Jannis Savvidis, so heißt du doch, nicht wahr? Du und das Mädchen …« Während der Angesprochene erstaunt nickte, fuhr sie fort: »Dort bekommt ihr, was ihr wollt, und noch mehr, dann ist alles Nötige vorbereitet. So, und nun geht.«

Sie nahm den Kindern die Gläser aus den Händen – schnell stürzte Zoe den Rest ihrer Limonade hinunter – und scheuchte die beiden mit einem unwilligen Winken hinaus. Dann warf sie die Tür hinter ihnen ins Schloss.

Verdutzt standen Jannis und Zoe in der Sonne, blinzelten in die Helligkeit, sahen sich an und machten sich auf den Heimweg.

»Wow! Zoe! Da sind wir wohl auf eine Goldader gestoßen, was? Nun bin ich bloß gespannt, was uns in Kalifatli erwartet ... Der Schrott eben war zwar aus Gold, aber mit dem wunderschönen Schmuck, den ich letzte Nacht gesehen habe, überhaupt nicht zu vergleichen ...«, sagte Jannis nachdenklich. »Nur das, was die Alte trug, sah kostbar aus. Aber mehr schien sie davon nicht im Haus zu haben. Falls die beiden Diebe ihre Beute geteilt haben, dann ist der andere Teil des Goldes woanders versteckt, vielleicht bei dieser Kyria Evdoxia in Kalifatli, wer weiß ...« Und bei sich dachte er: ›Sehr clever, Spyros, das Gold nicht im eigenen Haus aufzubewahren!‹

Zoe blieb der Mund offen stehen. »Du willst da morgen hingehen?« Sie wusste nicht, ob sie ihn bewundern oder für verrückt erklären sollte. »Warum denn nicht? Die Alte hatte doch nicht alle Tassen im Schrank, wenn ihre Freundin in Kalifatli genauso ist ...« Jannis war über seinen eigenen Mut erstaunt. War er verrückt geworden?

»Wenn du gehst, komme ich auf jeden Fall mit!«, sagte Zoe. Insgeheim freute sie sich schon: Wer weiß, vielleicht würde sie ja auch in dem anderen Haus etwas von diesem sonderbaren Getränk serviert bekommen, dessen köstlichen Geschmack sie noch immer auf der Zunge hatte ...

»Und weißt du was?« Jannis wusste gar nicht, was plötzlich mit ihm los war. Voller Übermut erklärte er Zoe, die ihn fragend ansah: »Nikos sagen wir kein Sterbenswörtchen. Wir gehen allein. Endlich kann ich meinem großen Bruder meinen Mut beweisen!«

»Na, dann kann Nikos in der Zeit eure Schafe hüten ...«, bemerkte Zoe lachend und war froh, dass Jannis offenbar gar nichts dagegen hatte, sie wieder mitzunehmen.

Schweigend gingen sie eine Weile nebeneinanderher, bis sie zu Spyros' Haus kamen. Sie blickten auf die andere Straßenseite. Weder von Nikos noch von dem Esel konnten sie irgendeine Spur entdecken.

Jannis gab Zoe einen übermütigen Stups: »Sieh dir das an, Zoe, Nikos ist schon los! Vermutlich sucht er uns. Bin gespannt, ob es uns gelungen ist, ihn durch unser langes Fortbleiben endlich einmal in Angst und Schrecken zu versetzen. Der Gedanke würde mir gefallen!« Über Jannis' Gesicht huschte ein Lächeln. »Vielleicht ist er aber auch hinter Spyros her. Nun ja, wir werden es erfahren, aber so viel ist sicher: Ich werde nach Hause laufen müssen, so ein Mist!«

Zoe lachte. »Ja, das musst du wohl. Da hab ich es besser.« Und sie zeigte zu einem Haus hinüber, aus dem ihnen eine Frau, Zoes Mutter, entgegenwinkte. Dann verabredeten sie Zeit und Ort für ihr Treffen am nächsten Tag, sagten sich Lebewohl und schon hüpfte Zoe davon.

Jannis blickte ihr nach und seufzte leise. Langsamen

Schrittes machte er sich auf den Nachhauseweg. Erst jetzt spürte er die bleierne Müdigkeit, die seine Beine so schwer machte. Es dämmerte bereits und zu Fuß, ohne Esel, würde er bestimmt die dreifache Zeit benötigen. Bald würde es stockfinster sein. Ihm war gar nicht wohl bei diesem Gedanken.

Keine Spur von Elena

Schon bald nachdem Jannis den Ort hinter sich gelassen hatte, umfing ihn totale Dunkelheit. Die kurze Zeit der Dämmerung war völliger Finsternis gewichen. Beim Blick auf das vor ihm liegende Schwarz und bei dem Gedanken, dass ihn sein Weg nach Hause genau durch dieses Dunkel führte, war er nicht gerade begeistert. Die Strecke von hier nach Hissarlik hatte er zwar schon mehrmals zurückgelegt, aber bei der Dunkelheit lief ihm ein Schauer über den Rücken. Sein Körper fing seltsam an zu zittern. Das war nun schon die zweite Nacht, die er draußen, allein im Dunkeln verbrachte.

Da, hinter dem Gebüsch, ein Mann! Und dort, unter dem Olivenbaum, eine Horde zähnefletschender Hunde! Er zuckte zusammen und rieb sich die Augen. Spielte ihm seine Müdigkeit einen Streich und ließ ihn Dinge sehen, die gar nicht da waren? »Beruhig dich«, sagte er sich immer wieder, »bald bist du zu Hause.« Er wanderte den Weg zurück, den er Stunden zuvor zusammen mit Nikos gegangen war, durchquerte nach einer Weile Kalifatli, hörte hier und da leise Stimmen aus den Häusern dringen, kam am Ortsausgang an spärlich beleuchteten kleinen Hütten vorbei, um schließlich den einsamen Weg nach Hissarlik einzuschlagen.

Als Ablenkung versuchte er sich auf das zu konzentrieren, was er in Jenischacher erlebt hatte. Beim Gedanken an die verrückte Alte mit dem goldenen Schmuck kicherte er leise. Ob ihre Freundin in Kalifatli auch solch einen Vogel hatte wie sie? Und würde er dort auf den Dicken treffen? Er seufzte einmal tief auf: Hoffentlich würde er morgen wirklich den Mut für seinen kühnen Plan aufbringen und es schaffen, allein mit Zoe dort hinzugehen. Das wäre was! Dann könnte er es allen zeigen! Was wohl Nikos in der Zwischenzeit erlebt hatte? Er war sehr gespannt.

Plötzlich zuckte Jannis zusammen: Schritte! Ganz dicht hinter sich hörte er knirschende Geräusche. Ruckartig drehte er sich um. Viel war nicht zu sehen in der Finsternis, die ihn wie ein großes schwarzes Loch umfing. Vor Angst stieß er mehrere kurze Gebete aus, sandte sogar einen Schwur zum Himmel: »Lieber Gott, wenn ich heil nach Hause komme, dann beweise ich morgen ganz allein meinen Mut, ohne Nikos, versprochen! Dann gehe ich nach Kalifatli!« Ihm stockte der Atem, als plötzlich etwas Schwarzes direkt auf ihn zukam. Er erstarrte und blieb wie angewurzelt stehen.

»Puh!«, entfuhr es ihm gleich darauf voller Erleichterung. Eine Ziege auf der Suche nach Futter trat aus dem finsteren Schlund und klapperte über den holprigen Weg.

Dann stapfte er weiter und erst jetzt wurde ihm bewusst: Die morgige Sache war damit klar entschieden und es gab kein Zurück. Er würde nach Kalifatli gehen, und zwar ohne dass Nikos etwas davon erfahren würde.

Als er eine ganze Weile später endlich glücklich zu Hause angekommen war, sehnte sich Jannis nach der Ruhe seines Bettes. Doch beim Anblick des elterlichen Hofes bekam Jannis einen gewaltigen Schrecken: Die Fenster waren hell erleuchtet und vor der Tür hatte sich eine kleine Menschentraube gebildet. Mehrere Männer und Frauen standen dicht zusammen und diskutierten aufgeregt miteinander. Jannis stockte der Atem. Ging es dem Vater schlechter? War er womöglich in der Zwischenzeit gestorben? Wie hatte er nur so lange wegbleiben können! Jannis machte sich Vorwürfe. Und wo steckte Nikos?

Er stürmte ins Innere des Hauses, an den Herumstehenden vorbei, deren Gespräche augenblicklich verstummten.

»Mutter! Nikos! Elena!«, rief er verzweifelt.

Doch keiner der drei antwortete. Stattdessen stand der Vater plötzlich wankend vor ihm. Jannis atmete auf. Der Vater lebte, das war das Wichtigste! Doch was lief er hier herum? Er sollte sich doch schonen und im Bett liegen! Besorgt musterte er das angestrengte und auffallend blasse Gesicht des Vaters.

»Wie gut, dass du endlich wiederkommst! Wo warst du

denn bloß so lange? Hast du sie gefunden?«, begrüßte Jorgos seinen Sohn.

Jannis sah seinen Vater verdutzt an. »Wen? Wen soll ich gefunden haben?«, fragte er erstaunt.

»Frag doch nicht so. Elena natürlich!«

Jannis stutzte. Was war passiert? Der Vater hatte offenbar gar nicht bemerkt, dass er so lange unterwegs und nicht zu Hause gewesen war.

»Und wo hast du Mutter und deinen Bruder gelassen?«, hakte der Vater nun nach.

Jannis wusste nicht, was er antworten konnte, ohne einen Verdacht zu erregen.

Im selben Moment fiel sein Blick auf den Ring, den der Vater zwischen seinen Fingern drehte. Er stutzte, denn wenn er sich nicht täuschte, sah er genau so aus wie das Schmuckstück, das Spyros seit Kurzem an seinem kleinen Finger trug. Was hatte das zu bedeuten?

»Woher hast du den?«, fragte er zögernd.

»Den haben deine Mutter und ich neben Elenas Bett gefunden.« Dem Vater ging es sichtlich schlecht, er keuchte mehr, als dass er sprach.

Während Jannis mit seinem Vater vor dem Haus stand, ging plötzlich ein Gemurmel durch die kleine Menschenansammlung. Stavroula erschien zusammen mit Nikos. »Nichts«, rief die Mutter den anderen zu. »Kein Mensch hat sie gesehen. Das ganze Dorf haben wir nach ihr abgesucht. Man könnte meinen, sie sei vom Erdboden verschluckt.«

Sie brach in Tränen aus und der Vater versuchte sie zu beruhigen. »Mach dir doch nicht so viele Gedanken, mein Herz. Sicher wird sie bald kommen, sie ist doch kein kleines Kind mehr!« Jorgos nahm seine Frau in den Arm, doch die wehrte ab. »Keine Gedanken soll ich mir machen? Unsere Tochter irrt dort irgendwo allein durch die Dunkelheit! Seit Stunden. Dabei gehört ein Mädchen um diese Uhrzeit nach Hause.« Stavroula schluchzte laut auf, während die anderen sie voller Mitleid betrachteten. Dann ging die Familie bedrückt schweigend ins Haus, der Vater legte sich wieder auf sein Krankenlager, während sich die Mutter zu ihm setzte und angsterfüllt seine Hand ergriff.

Nikos nutzte die Gelegenheit und zischte seinen Bruder an: »Wo warst du denn so lange?« Doch Jannis gab zurück: »Wo warst *du*? Als Zoe und ich zurückkamen, war von dir weit und breit nichts zu sehen.«

Nikos stöhnte auf: »Na, das war vielleicht ein Reinfall, kann ich dir sagen! Tatsächlich kam Spyros irgendwann nach Hause. Er hatte es furchtbar eilig, das konnte man sehen. Er stürmte ins Haus und kam gleich danach mit einem großen Beutel in der Hand wieder raus. Dann eilte er zu seinen Nachbarn, wechselte ein paar Worte, schnappte sich deren Pferd und preschte wie ein Irrer davon. Ich schnell zum Esel, drauf und so schnell wie möglich hinter ihm her. Na ja, du kennst unseren Esel. Mit einem Pferd kann der nicht mithalten. Aber gemeinsam gaben wir unser Bestes, das sag ich dir. Trotzdem war von Spyros bald nicht viel mehr zu sehen als eine staubige Wolke. Aber wenigstens die behielt ich eine Weile im Auge und konnte beobachten, dass er Richtung Hissarlik abhaute. Vielleicht zur Grabung, das konnte ich nicht sehen …« Nikos sah seinen Bruder an. »Auf jeden Fall verlor ich ihn dort aus den Augen. Als mir dann Georgios, unser Nachbar, über den Weg lief und mir zurief, ich solle mich um Mutter kümmern, die sich wie eine Wahnsinnige aufführte, bekam ich es mit der Angst zu tun und hetzte hierher. Von ihr erfuhr ich, dass Elena verschwunden ist. Gemeinsam suchten wir nach ihr. Wie du siehst, leider ohne Erfolg … Und du? Wo warst du?«, fragte er ungeduldig.

Jannis winkte ab. »Viel ist nicht passiert. Zoe führte mich zu einer Alten, die tatsächlich mit goldenem Schmuck behangen durch das Dorf stolzierte. Wir verfolgten sie eine Weile, kamen mit ihr ins Gespräch und, stell dir vor, sie lud uns zu sich nach Hause ein.« Er tippte sich mit der Hand an die Stirn. »Ich glaube, die war nicht ganz richtig im Kopf, auf jeden Fall hatte ihr Gold keine Ähnlichkeit mit dem, das ich in der Nacht gesehen habe. Also auch hier: Fehlanzeige!« Jannis sah seinen Bruder an. Glaubte er ihm die Geschichte? Ja, offenbar. Nikos legte seine Stirn in nachdenkliche Falten: »Jetzt sind wir fast so schlau wie am Anfang. Überleg mal, was seit dem Raub alles passiert ist. Sechs Männer sind verletzt, einer davon schwer, Elena ist verschwunden und Spyros macht sich mit einem großen Beutel und einem schnellen Pferd aus dem Staub! Ist das alles Zufall? Oder gehört all das irgendwie zusammen? Was sollen wir tun?« Nikos schien völlig ratlos.

Jannis freute sich trotz allem insgeheim fast sogar ein wenig: Endlich wusste auch sein Bruder einmal nicht weiter! Sonst war immer er derjenige, der alles bestimmte und der ihm vorschrieb, was zu tun sei. In Gedanken plante Jannis bereits seinen morgigen Ausflug nach Kalifatli. An Nikos gerichtet sagte er: »Morgen ist Feiertag, es wird nicht gearbeitet. Also müssen wir uns keine allzu großen Sorgen machen. Es werden keine Gräben einstürzen, keine Anthelion wird aus einem Graben kriechen, um mich oder einen anderen ›JS‹ zu beißen …«

Nikos musterte ihn überrascht. Dann gähnte er. »Hoffentlich hast du recht. Lass uns morgen früh weiterüberlegen. Ich kann ohnehin keinen klaren Gedanken mehr fassen vor Müdigkeit.«

»Und was ist mit Elena?« Jannis sah seinen Bruder fragend an.

Doch der winkte müde ab: »Die wird schon wieder auftauchen. Du warst doch selbst zwei Nächte unterwegs! Und? Hast du es überlebt? Na, also! Lass uns schlafen gehen, anstatt uns den Kopf zu zerbrechen …«

Wirklich überzeugt war Jannis von den Worten seines Bruders nicht, aber ihm fiel nichts ein, was sie in diesem Moment für ihre Schwester hätten tun können.

Beim ersten Hahnenschrei am nächsten Morgen wachten die Jungen auf. Sie rieben sich die Augen und sahen sich an. Augenblicklich sprangen sie hoch und rannten über den Hof zu dem Zimmer, in dem der Vater lag, an dessen

Seite die Mutter die Nacht verbracht hatte, ohne auch nur ein Auge zu schließen. Sie war blass wie der Tod und unter ihren Augen hatte sie dunkle Ringe. Die Jungen mussten nichts fragen. Das Bild, das sich ihnen bot, sagte alles: Elena war während der ganzen Nacht nicht nach Hause gekommen.

»*Kalispera!*« Der Gutenmorgengruß der Jungen an ihre Eltern klang bedrückt. Der Vater grüßte leise zurück, die Mutter hob nur stumm den Kopf, dann stand sie auf und ging langsam auf sie zu. Man hätte meinen können, sie sei in einer einzigen Nacht um Jahre gealtert. Mit belegter Stimme erklärte sie: »Ich brauche euch, dringend, wir müssen Elena suchen, nicht nur in Hissarlik, auch in den anderen Dörfern.«

Die Jungen nickten und die Mutter fuhr fort: »Nikos, wir beide nehmen den Esel und reiten nach Norden, zuerst nach Kumkaleh. Und du, Jannis, du grast noch einmal Hissarlik ab. Irgendwo muss es doch einen Hinweis geben. Irgendjemand muss sie doch gesehen haben.« Stavroulas Stimme klang verzweifelt. »Wenn die Sonne ihren höchsten Stand erreicht, treffen wir uns hier wieder. Vielleicht wissen wir dann mehr … Also, los!« Müde, aber bestimmt gab sie ihren Söhnen das Zeichen zum Aufbruch.

Sie verabschiedeten sich vom Vater und verließen gemeinsam mit ihrer Mutter das Haus. Nikos und Stavroula bestiegen den Esel und bereits nach kurzer Zeit sah Jannis sie hinter dem nächsten Hügel verschwinden.

Er blickte ihnen eine Weile nach und kratzte sich nachdenklich am Kopf. Was sollte er jetzt tun? Die Mutter erwartete von ihm, dass er nach Elena suchte. Hatte er es ihr nicht mit seinem stummen Kopfnicken versprochen? Andererseits konnte er sich doch nicht die Chance entgehen lassen, mehr über den Goldraub zu erfahren. Schließlich war er selbst in Gefahr! Wenn sich morgen früh alle Männer der Grabung wieder auf dem Berg von Hissarlik einfanden, dann musste er wissen, vor wem er sich in Acht nehmen musste.

Was sollte er tun? Er durfte nicht vergessen: Er hatte einen Schwur geleistet, hatte zum Himmel geschworen, nach Kalifatli zu gehen, ohne Nikos. Galt das nicht mehr als jedes andere Versprechen? Er merkte, wie ihn sein Gewissen plagte. Durfte er die eigene Mutter im Stich lassen?

Endlich kam ihm die rettende Idee: Er würde einfach beides machen, zunächst nach Kalifatli eilen und, sobald er zurück war, nach Elena suchen. Ja, so konnte es klappen. Eilig machte er sich auf den Weg.

An der vereinbarten Stelle, wo die Hauptstraße den Weg nach Kalifatli schnitt, traf er Zoe zur verabredeten Zeit beim ersten Läuten der Kirchenglocken. Heute wurde feierlich an den heiligen Michael erinnert, überall, wo Griechen wohnten und eine Kirche stand, wurden Gottesdienste abgehalten. Kyrie Schliemann fluchte regelmäßig über die vielen griechischen Feiertage, die seine Arbeiter vom Arbeiten abhielten. Statt auf der Ausgrabung traf man die Männer dann in der Kirche, zu Hause oder aber bei ihren Schafen und Ziegen.

Jannis und Zoe machten sich miteinander auf den Weg und erreichten schon bald ihr Ziel. Den Ersten, der ihnen in Kalifatli über den Weg lief, fragten sie nach dem Weg zum Haus von Parthena Evdoxia. Er erklärte mit ausschweifenden Armbewegungen: »Geht hier geradeaus und biegt an der zweiten Kreuzung nach links. Dort, wo der Weg eine starke Rechtskurve macht, befindet sich auf der linken Seite ein Hof. Dort wohnt sie.« Jannis und Zoe folgten seinen Anweisungen und nach einer Weile zeigte Zoe auf ein großes Haus: »Hier muss es sein.«

Nachdem sie geklopft hatten, dauerte es nicht lange, bis sie aus dem Innern schlurfende Schritte hörten, die sich der Tür näherten.

»Ich habe euch schon erwartet«, begrüßte sie eine nicht mehr ganz junge Frau, die ihnen die Tür öffnete.

Zoe trat ein und blickte sich suchend um. Jannis begriff schnell, was sie wollte: Sie hielt Ausschau nach einem ähnlich wunderbaren Getränk, wie sie es am Tag zuvor kennengelernt hatte. Und tatsächlich, da stand auf einem kleinen runden Tisch eine Kanne mit einer gelblichen Flüssigkeit und daneben zwei Gläser. Zoe atmete leise auf.

Jannis ärgerte sich ein bisschen, dass Zoe so leicht abzulenken war. Aber was konnte er anderes erwarten, sie war eben noch ein kleines Mädchen.

Zunächst geschah nichts Ungewöhnliches. Die Frau forderte sie auf, Platz zu nehmen. Dann füllte sie ein Glas mit der Limonade und reichte es Jannis.

»Trinkt nur aus, bis auf den letzten Tropfen, hört ihr? So etwas Gutes bekommt ihr so bald nicht wieder«, kicherte sie und versorgte auch Zoe mit dem begehrten Getränk. Danach erhob sie sich und noch immer albern kichernd wandte sie sich an Jannis: »Dein Name ist Jannis Savvidis, stimmt's?«

Jannis nickte und Zoe plapperte munter drauflos: »Und ich heiße Zoe Ligeia.«

Die Kyria betrachtete das Mädchen von oben herab: »Wen interessiert denn das, du vorlautes Kind?«

Zoe musste schlucken. Wieso sprach die Frau so unfreundlich zu ihr?

Zu Jannis gewandt befahl die Frau den Kindern: »Wartet hier auf mich, ich werde sehen, was ich für euch tun kann.« Sie verließ das Zimmer durch eine kleine, hintere Tür und die Kinder sahen sie auf einen großen, sonnigen Hof treten, an den einige Gebäude angrenzten. Die Tür verriegelte sie sofort und sorgfältig wieder hinter sich.

Zoe hatte nur Augen für ihr Glas mit der verlockenden Limonade. Sie betrachtete es wie eine unbezahlbare Kostbarkeit, zögerte, davon zu trinken, roch daran und stellte es dann behutsam vor sich auf den Boden. Die Vorfreude auf den ersten Schluck wollte sie noch so lange wie möglich vor sich herschieben. Sie ließ das Glas nicht aus den Augen, spürte voller Interesse, wie ihr beim Betrachten das Wasser im Munde zusammenlief, gleich würde ihr die wunderbar saure Flüssigkeit den ganzen Mund ausfüllen, ihn fast schmerzhaft zusammenziehen, ihr einen kleinen Schauer über den Rücken jagen. Eine geradezu magische Kraft schien von diesem Getränk auszugehen …

Im selben Moment hörten Jannis und Zoe einen seltsam klagenden Singsang. Ein eiskalter Schauer lief ihnen über den Rücken, denn sie wussten nur zu gut, was diese herzzerreißenden Klänge zu bedeuten hatten. Es war die Totenklage für einen Verstorbenen, vorgetragen von Klageweibern, die extra zu diesem Zweck in das Trauerhaus gekommen waren, um hier gegen Geld ihre Arbeit zu tun: lautstark zu trauern und sich die Augen aus dem Kopf zu weinen. Erschrocken sahen sich die Kinder an: Nebenan lag eine Leiche! War es wirklich klug gewesen hierherzukommen? Warum hatte Jannis nur seinen Bruder nicht eingeweiht? Keiner ahnte, wo sie waren, schlimmer noch: Seine Mutter glaubte, er sei auf der Suche nach seiner Schwester! Jetzt saßen er und Zoe in dem Haus wildfremder Leute, nebenan lag ein Toter und gleich würde die merkwürdige Kyria zurückkehren. Womöglich war der Dicke nicht weit, der ihn lieber tot als lebendig sehen würde …

»Wissen deine Eltern, wo du bist?«, erkundigte sich Jannis vorsichtig bei Zoe.

»Nein, natürlich nicht«, strahlte Zoe voller Stolz, »ich bin heimlich abgehauen!« Der kalte Schauer auf Jannis' Rücken gefror fast zu Eis.

Um sich abzulenken, griff er nach dem Glas mit der Limonade vor sich.

»Warum trinkst du nicht?«, fragte er, leerte sein Glas mit einem Schluck und wunderte sich, wie seltsam dieses Getränk schmeckte.

»Gleich«, antwortete Zoe. Sie wollte sich zu Jannis umdrehen, stieß dabei aber mit ihrem Fuß gegen das vor ihr stehende Glas. Das fiel um und zerbrach auf dem Steinfußboden in unzählige Stücke. Erstarrt vor Schreck sah sie zu, wie sich die Flüssigkeit über den Boden ergoss. Wie sollte sie das der Alten erklären? Am liebsten wäre sie aufgesprungen und weggelaufen.

»Mach dir keine Sorgen«, tröstete Jannis sie. »Ich werde der Alten sagen, dass ich das Glas kaputt gemacht habe, einverstanden?«

Zoe sah ihn dankbar an.

Jannis wollte aufstehen, um die Scherben zusammenzuräumen, doch seine Beine gehorchten ihm nicht. Er blieb am Boden sitzen und begann zögernd zu sprechen: »Vielleicht finden wir – einen – Lappen – was – ist – denn bloß – mit mir los? Ich – ich – bin plötzlich sooo müde ...« Im Halbschlaf hörte er die klagenden Frauen und – ohne zu wissen, ob er bereits träumte – ein Lachen, das er nur zu gut kannte. Es war das fiese, bösartige Lachen des Dicken. Dessen Worte waren das Letzte, was Jannis hörte: »JS, jetzt haben wir dich!«

Dann sackte sein Kopf zur Seite, seine Augen fielen zu und aus seinem Mund kamen leise schnarchende Geräusche.

Zoe blickte ihn voller Entsetzen an. Wie konnte Jannis bloß einfach einschlafen? Als Gast in einem fremden Haus? Jeden Moment konnte Kyria Evdoxia wieder im Zimmer stehen. Zoe beugte sich zu Jannis herüber und rüttelte ihn kräftig.

»Jannis, wach doch auf! Jannis!«

Aber Jannis lag da wie ein Toter. Zoe starrte ihn erschrocken an. Was war geschehen? Was sollte sie nun tun? Plötzlich fiel ihr Blick auf die Pfütze und augenblicklich begriff sie: Irgendetwas musste ihre Gastgeberin in die Limonade gemixt haben. Was hatte das zu bedeuten? So viel war selbst Zoe klar: bestimmt nichts Gutes!

Jannis schnarchte leise auf. Zoe erhob sich und horchte mit gespitzten Ohren auf die Geräusche des Hauses. War die Kyria bereits auf dem Rückweg? Das Mädchen schlich zur vorderen Tür, durch die sie das Haus betreten hatten, und versuchte sie zu öffnen. Mit aller Kraft drückte sie die Türklinke nach unten. Nichts tat sich, sie war verschlossen. Und die kleinere Tür? Auch sie bewegte sich keinen Millimeter, sosehr sie sich auch dagegenstemmte. Die Kyria hatte alles versperrt, sie und Jannis waren gefangen!

Zoes Knie begannen zu zittern. Nun war sie ganz auf sich allein gestellt, sie musste handeln.

Sie ließ ihre Blicke durch das Zimmer schweifen, an einem der beiden Fenster blieben sie hängen. Richtige Fenster waren das nicht, eher spaltartige Öffnungen, die ein wenig Licht durchließen, aber doch wenigstens nach draußen führten, die einzige Möglichkeit, um zu entkommen. Hoch oben befanden sie sich, furchtbar weit oben, so kam es ihr vor. Sie räumte den kleinen wackeligen Tisch ab, das einzige Möbelstück, das sich im Raum befand, ruckelte ihn unter das Fenster, kletterte vorsichtig hinauf und versuchte Hände, Kopf und Oberkörper so weit wie möglich durch die Fensteröffnung zu stecken. Es gelang ihr, einen Blick nach draußen zu werfen. Und nun? Um sich durch das Fenster zu hieven, war sie zu klein. Es fehlten ihr wenige Zentimeter, um sich mit den Armen auf dem unteren Rand der Öffnung abzustützen und sich mit den Beinen zuerst nach draußen zu schwingen.

Mutlos ließ sie sich wieder nach unten gleiten. Sie blickte sich noch einmal im Raum um. Das Einzige, was sich hier sonst noch befand, waren drei weitere Kissen. Nein, beim besten Willen: Auch wenn sie sie alle übereinanderstapelte – sobald sie sich daraufstellte, würde alles unter ihrem Gewicht zusammensacken.

Doch da war doch noch die Kanne. Sie nahm sie in die Hand und betrachtete sie. Sie war aus dickem, gebranntem Ton und machte einen stabilen Eindruck. Würde sie ihr Gewicht aushalten, wenn Zoe sie umgedreht auf den Tisch stellte? Ihr blieb keine Wahl, sie musste es versuchen. Erneut erklomm sie den Tisch: Sie hatte genau einen Versuch. Sobald sie sich von der Kanne abdrücken würde, würde diese auf der glatten Tischplatte nach hinten rutschen, herunterfallen und auf dem Steinboden zerbrechen.

Sie kletterte auf den Tisch und vorsichtig auf die Kanne. Schließlich stand sie balancierend auf dem Boden des umgedrehten Gefäßes, die Spitzen ihrer kleinen bloßen Füße fanden nur knapp darauf Platz. Vorsichtig tastend reckte sie sich so weit wie möglich nach oben und fühlte unter den Händen die Öffnung in der Wand. Ein hoffentlich letztes Mal blickte sie sich um. Jannis schnarchte noch immer ohne Unterbrechung, sollte sie ihn wirklich alleine hier zurücklassen? Wohl war ihr zwar nicht bei dem Gedanken, aber was sollte sie anderes tun? Untätig herumsitzen und warten? Durch die Tür, die zum Hof führte, wurden plötzlich Schritte laut, die über den sandigen Boden stapften. Ganz deutlich konnte sie nun die aufgeregte Stimme der Kyria hören, ebenso wie die tiefe Männerstimme, die sie schon zuvor gehört hatte. Jetzt schien noch ein zweiter Mann dabei zu sein!

»Bist du sicher, dass sie schlafen?«, fragte die eine Männerstimme.

»Ganz bestimmt, das verspreche ich dir, du wirst es gleich mit eigenen Augen sehen …« Bei diesen Worten kicherte die Kyria wieder ihr dümmliches Lachen.

Jede Sekunde zählte, schon im nächsten Moment hörte Zoe den Schlüssel im Schloss. Sie holte tief Luft, sprach sich noch einmal Mut zu … und sprang!

Wie erwartet fiel die Kanne mit einem lauten Knall unter ihr zu Boden und zerbrach. Doch Zoe hatte es geschafft! Sie hing mit aufgestützten Armen in der Fensteröffnung, zog die Beine hinterher und ließ sich auf der anderen Seite auf den Boden fallen. Keinen Moment zu früh: Sie hörte bereits die Schlüssel laut und metallen im Schloss der Tür klappern.

Sie rannte los, so schnell ihre Beine sie trugen. Sie wagte es nicht, auch nur einmal den Lauf zu verlangsamen, um sich umzusehen und um sicher sein zu können, dass ihr niemand folgte.

Sie rannte und rannte. Genau den Weg, auf dem sie hierhergekommen waren. Aber jede Ecke dieses furchtbaren Dorfes sah so aus wie die andere! Und jede noch so kleine Gasse mündete in eine fast identische. Während sie lief, schoss ihr immer wieder dasselbe Bild durch den Kopf: Jannis, schlafend zusammengesunken, im Zimmer dieser seltsamen Kyria, ihr völlig hilflos ausgeliefert. Was würde gerade in diesem Moment mit ihm geschehen? Sie mochte es sich gar nicht ausmalen. Jan–nis, Jan–nis, der Klang ihrer Schritte schien immer wieder seinen Namen zu rufen. Der Mann, den sie nicht gesehen, wohl aber gehört hatte, flößte ihr Angst ein. Was hatten er und die Frau vor?

Da, endlich hatte sie die Hauptstraße erreicht. Sie atmete auf. Bald würde sie Hissarlik erreichen. Sie musste Nikos suchen und mit ihm zusammen hierher zurückkehren. Hoffentlich schafften sie es rechtzeitig, bevor irgendetwas mit Jannis passierte …

Treffen mit einer Leiche

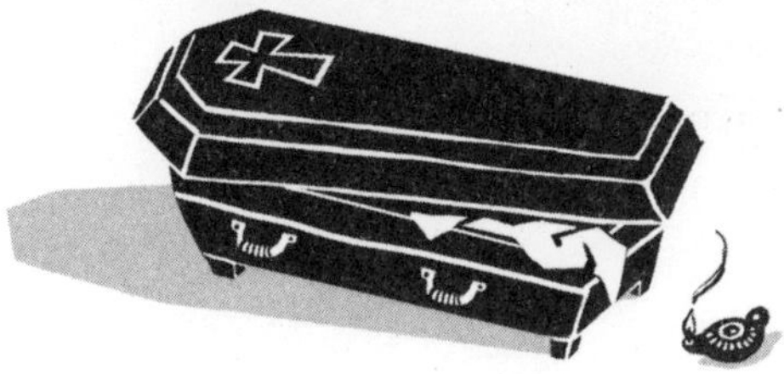

Als Zoe schließlich keuchend und erschöpft das Haus der Familie Savvidis in Hissarlik erreichte, stand die Sonne nicht mehr hoch oben am Himmel, sondern begann sich schon langsam in Richtung Horizont zu senken. Nikos und seine Mutter waren schon vor einiger Zeit nach Hause zurückgekehrt, hatten sich mit Käse, Oliven und Wasser gestärkt, um nun ein weiteres Mal aufzubrechen.

Von Elena fehlte noch immer jede Spur.

»Was willst du denn hier?«, rief Nikos zornig, als er Zoe vor dem Haus erblickte. »Schickt Jannis dich? Wo ist er denn? Wir warten auf ihn!«

Zoe stockte. Dann erzählte sie so einfach und so leise wie möglich, was geschehen war.

»Oh nein, auch das noch! Das hat uns gerade noch gefehlt. Erst verschwindet Elena und jetzt auch noch Jannis«, rief Nikos. Als er sah, dass Zoe noch blasser wurde, fügte er schnell hinzu: »Aber natürlich holen wir ihn da raus.« Das klang zuversichtlicher, als er sich fühlte.

Am liebsten wäre er sofort aufgebrochen, um seinen Bruder zu befreien, aber er hatte seiner Mutter versprochen, noch einmal mit ihr nach Elena zu suchen.

»Du kommst mit rein und wartest hier, bis ich zurück bin, versprichst du mir das?« Nikos sah Zoe streng an und sie nickte stumm.

Die Mutter hatte sich wieder an die Seite des Vaters gesetzt. Tränen liefen ihr über das Gesicht. Um sich abzulenken, wandte sie sich an ihren Mann und erkundigte sich nach seinem Befinden. »Gott sei gelobt, meine Schmerzen lassen langsam nach«, sagte er leise. »Sobald wir wieder alle zusammen sind, feiern wir ein Fest. Und Spyros wird mein Ehrengast sein!«

Nikos glaubte nicht richtig zu hören. »Was sagst du da?«, fragte er seinen Vater völlig entgeistert. »Spyros der Ehrengast?«

Sein Vater nickte. »Ja, er hat mir das Leben gerettet. Hätte er nicht laut gerufen und mich gewarnt, als die Grabenwand zusammenbrach, dann wäre ich ganz bestimmt nicht zur Seite gesprungen. Dann hätte mich dieser Marmorblock zerquetscht, da bin ich mir sicher. Ohne ihn ...« Er wollte nicht weitersprechen.

Die Mutter schluchzte auf und wiederholte mehrmals: »So ein guter Junge, so ein guter Junge!«

Nikos war sprachlos. Seine Gedanken rasten: Hatten sie

sich in Spyros getäuscht? Wer hatte es dann auf Jannis abgesehen, wenn nicht Spyros? Wo steckte der Bruder?

Doch bevor er endlich dieser Frage nachgehen konnte, musste er zunächst noch einmal mit seiner Mutter durch alle Straßen der kleinen Ortschaft ziehen und jeden fragen, der ihnen auf der Straße begegnete: »Hat jemand unsere Elena gesehen?«

Doch auch diesmal bekamen sie immer die gleiche Antwort: »Elena? Nein, tut uns leid!«

So kehrten Mutter und Sohn nach einer Weile erschöpft und verzagt nach Hause zurück. Glücklicherweise bemerkte Stavroula in ihrer großen Sorge um die Tochter gar nicht, dass auch ihr jüngster Sohn seit Stunden nicht mehr zu Hause gewesen war. Auch das fremde Mädchen nahm sie kaum wahr.

Kaum hatte sie sich wieder zum Vater gesetzt, machten sich Nikos und Zoe aus dem Staub.

Noch bevor sich das dämmernde Licht des endenden Tages über die Landschaft legte, saßen die Kinder auf dem Rücken des Esels. Nikos schnalzte kräftig mit der Zunge, woraufhin sich das Tier in Bewegung setzte und zügig die Straße Richtung Kalifatli entlangtrabte.

Am Ortseingang banden sie den Esel an einem Baum fest und gingen zu Fuß weiter.

»Ich habe mir den Weg genau gemerkt«, erklärte Zoe und stapfte tapfer vorneweg. Trotz der sich ausbreitenden Dunkelheit schlug sie zielstrebig einen bestimmten Weg ein, bog erst hier ab und dann dort, und ehe sie es sich versahen, standen Nikos und sie wieder vor dem Hof, in dem Zoe den schlafenden Jannis zurückgelassen hatte.

Das Haus war mit mehreren Nachbarhäusern über einen großen Innenhof verbunden. Eine Mauer trennte den Bereich so nach außen ab, dass es unmöglich war, irgendetwas von dem mitzubekommen, was dahinter passierte.

»*Sto dialo* – zum Teufel!«, fluchte Nikos leise. Er mochte sich gar nicht ausmalen, was sich dort drinnen abspielte.

Zoe und er schlichen an der Mauer entlang, doch an keiner Stelle bot sich eine Möglichkeit, hinüberzusehen oder gar auf die andere Seite, in den Hof, zu gelangen. Alles war still. Wo bloß mochte Jannis sein? Es gab so viele Stellen, ihn innerhalb dieses Geländes versteckt zu halten.

»Was ist denn das?«

Sie waren dem Verlauf der Hofmauer mehr tastend als sehend gefolgt und standen nun zu ihrer Überraschung vor einem seltsamen kuppelförmigen Steingebäude, das etwa haushoch vor ihnen aufragte.

»Ich habe solche komischen Dinger schon einmal gesehen«, flüsterte Nikos. »Mein Vater hat sie mir mal gezeigt. Sie sollen furchtbar alt sein. Früher hat man angeblich die Toten da hineingelegt.« Er strich mit der Hand über die dunklen, glatten Steine.

»Die Toten hineingelegt? Wie unheimlich«, flüsterte Zoe staunend.

»Ja, man hat das gemacht, um sie nicht beerdigen oder

verbrennen zu müssen. Stell dir das mal vor: Ein Verwandter stirbt, ihr packt ihn in solch eine Höhle, und wenn ihr, du und deine Verwandten, dran vorbeigeht, könnt ihr euch einbilden, der ist ja gar nicht tot, sondern lebt da drinnen lustig weiter.«

Zoe musste trotz allem lachen. »Wie ein Gespenst.«

»Ja, und angeblich spukt es in diesen komischen Häusern wirklich. Weil ja die Seelen der Toten nicht tot sind. Manchmal ziehen sie sich weiße Gewänder an und erschrecken die Leute.«

Zoe starrte Nikos so entsetzt an, dass er seinerseits anfing zu lachen und die Kleine beruhigte: »Ich glaube ja nicht an diesen Unsinn, aber so Wand an Wand möchte ich trotzdem nicht mit solch einem komischen Ding wohnen ...«

Kaum hatte er das gesagt, da erklang aus dem Innern des seltsamen Gebäudes ein lang gezogenes, klagendes Geräusch.

Beiden stockte der Atem.

»Das Gespenst«, stammelte Zoe, starrte Nikos aus großen Augen an und versuchte mit aller Kraft, ihn von diesem unheimlichen Ort wegzuzerren. Nikos aber war wie angewurzelt stehen geblieben. Er lauschte aufmerksam, dann trat er dicht an die massive Mauer heran und legte ein Ohr an einen kleinen Spalt zwischen den massiven Steinen. Ganz deutlich konnte er es jetzt verstehen: »Hilfe! Hier bin ich. Holt mich hier raus. Bitte, holt mich hier raus.«

»Das ist Jannis! Ich hab's doch geahnt!«, sagte er leise zu Zoe. Und dann flüsterte er mit gespitzten Lippen und trichterartig geformten Händen durch die schmale Ritze ins Innere: »Jannis, wir sind's, mach dir keine Sorgen. Wir holen dich da raus.«

Jannis verstand ihn offenbar und antwortete in kläglichem Ton: »Macht bloß schnell. Lange halte ich das hier nicht mehr aus. Meine Hände und Füße! Ich bin gefesselt. Kann mich nicht rühren. Aber das Allerschlimmste: Neben mir steht ein Sarg …!«

Nun lief Nikos doch ein Schauer über den Rücken. Sie hatten seinen Bruder zu einer Leiche gesperrt? Was waren das für furchtbare Menschen … Jetzt konnten sie ihre Drohung wahr machen, sie hatten ihn in ihrer Gewalt.

Und er? Hatte er seinem Bruder nicht zu viel versprochen? »Wir holen dich da raus!«, hatte er gerade noch großspurig versprochen. Wie aber sollte das gehen? Dieser seltsame Bau schien gar keine Tür zu besitzen, durch die man so einfach hätte hineingehen können. Wahrscheinlich von der anderen Seite, vom Hof aus, nicht aber von hier. Er hob die Lampe über seinen Kopf und ließ seinen Blick über die steinerne Wand gleiten. Er stutzte, etwas über Augenhöhe entdeckte er einige Löcher im Mauerwerk. Hier fehlten mehrere der großen Steine und bildeten eine tiefschwarze Öffnung. Nikos schöpfte Hoffnung. War das Loch groß genug, um von hier ins Innere zu gelangen?

Zoe hatte Nikos schweigend zugesehen. Sie schien seine

Gedanken zu erraten, wies nach oben und flüsterte: »Ich pass da durch!«

Im nächsten Moment stand sie genau unterhalb der Öffnung und erklärte leise, aber bestimmt: »Und im Klettern bin ich unschlagbar. Hilf mir mal …«

Nikos musterte sie überrascht. Dann hielt er seine Hände so, dass Zoe sie wie eine Leiter benutzen und hinaufsteigen konnte. Bereits im nächsten Augenblick war sie durch das Schwarz der Maueröffnung entschwunden.

Unsanft fiel sie im Inneren auf den Boden. Sie stöhnte auf.

»Zoe«, hörte Jannis seinen Bruder rufen. »Fällst du direkt aus dem Himmel? Ich bin so froh, dass du da bist.«

Zoe blickte sich in dem kreisrunden Raum um. Jannis lag auf einer schmalen steinernen Bank, die der Form des Raumes folgte und ringsum an der Wand entlangführte. Neben ihm erhellte eine kleine Öllampe einen Teil des höhlenartigen Innern.

Zoe konnte erkennen, dass er an Händen und Füßen gefesselt war. Sie beugte sich zu ihm herab und begann, die Stricke von seinen Handgelenken zu lösen. Jannis stöhnte erleichtert auf. Gemeinsam machten sie sich über die verknoteten Schnüre an den Fußgelenken her.

»Endlich!« Jannis rieb sich die schmerzenden Gelenke. »Wirklich mutig, dass du dich hier reintraust, obwohl …« Jannis zögerte und wagte kaum weiterzusprechen.

Zoe verstand ihn nicht. »Obwohl *was* …?« Fragend zog sie die Augenbrauen in die Höhe und blickte Jannis neugierig an, bis dieser mit einem kleinen Kopfnicken auf eine mannsgroße Kiste deutete, die mitten im Raum stand.

»Hat Nikos dir nichts gesagt? Na, obwohl doch hier ein Sarg steht.«

Zoe klammerte sich entsetzt an Jannis. »Ein Sarg? Ein echter Sarg? Meinst du, da ist jemand drin? Ein Toter?«, flüsterte sie.

»Ja, ich fürchte schon.« Jannis' Stimme klang heiser. »Deshalb der Gesang der Klageweiber, erinnerst du dich?«

Zoe nickte schweigend.

Jannis rieb sich den Kopf. Er fühlte sich noch immer ein wenig benommen. »Ich muss vorhin eingeschlafen sein, stimmt's?«

»Ja«, antwortete Zoe, »wahrscheinlich, weil du die Limonade getrunken hast.«

Langsam sickerte die Erinnerung an den Vormittag zurück in Jannis' Bewusstsein. »Ich habe den Dicken gehört, den einen Dieb von der Grabung. Er war ganz in meiner Nähe. Ich habe sein Lachen und seine Stimme erkannt ...«

Zoe bekam es mit der Angst zu tun. »Dann lass uns verschwinden, bitte, Jannis, ich will hier weg!«

»Nein, warte.« Jannis erschrak selbst bei dem Gedanken, der ihm soeben durch den Kopf schoss: »Weißt du, Zoe, was ich glaube? Ich glaube, dass das Gold genau hier versteckt ist.« Er zeigte auf den verschlossenen Sarg.

Zoe starrte Jannis an. »Das Gold? Bei der Leiche?« Sie erstarrte und ein Zittern schüttelte ihren kleinen Körper.

»Ja, überleg doch mal: Könnte es ein besseres Versteck dafür geben? Wer sucht schon bei einer Leiche nach einem Schatz? Schon gar nicht dann, wenn die Leiche schon bald unter der Erde ist.«

Zoe brachte kein Wort über die Lippen.

Jannis flüsterte weiter: »Aber wir werden diesen Schatz bergen, denn wir brauchen Beweise, wir brauchen das Gold ...«

Zoe verstand und erschrak: Sie mussten den Sarg öffnen! Genau das hatte Jannis vor.

Von draußen hörten sie Nikos leise rufen, aber Jannis drückte ihr wortlos die Lampe in die Hand und machte sich daran, den Sargverschluss zu untersuchen, schob einen kleinen Riegel zur Seite und griff unter die schwere hölzerne Abdeckung. Er blickte Zoe kurz an. Seine Hände zitterten und er spürte einen dicken Kloß in seinem Hals. Dann dachte er an Nikos, der ihn so gerne ›Hasenfuß‹ nannte. Entschlossen hob er den Deckel in die Höhe. Zoe schloss die Augen.

Jannis blickte in das Halbdunkel des Kastens. Da lag sie tatsächlich, wie vermutet, die Leiche, doch glücklicherweise – Jannis atmete erleichtert auf – war sie zugedeckt, ein helles Leintuch bedeckte Kopf und Körper, nur die Nasenspitze zeichnete sich als kleine Erhebung unter dem Stoff ab. Wie froh war Jannis, dass er der verstorbenen Person nicht ins Gesicht, nicht auf die geschlossenen Augen sehen musste. Während er seinen suchenden Blick durch das Innere des Sarges gleiten ließ, lief ihm ein eiskalter

Schauer über den Rücken. Genau in diesem Augenblick wurde ihm bewusst, was er gerade tat: Er hatte tatsächlich einen Sarg geöffnet und stand jetzt über eine Leiche gebeugt. Wenn er die Hand ausstreckte, würde er ihre eisige Kälte spüren, womöglich sogar die Totenstarre fühlen können. Ihm war alles andere als wohl bei diesem Gedanken.

Aber wo war er nun, der Schatz? Fast hoffte er, dass er sich getäuscht hatte, dass er hier nichts Besonderes entdecken würde und dass in dem Sarg nichts anderes läge als das, was tatsächlich hierhergehörte, nämlich ein Toter. Doch da, da lag etwas, zu Füßen des Verstorbenen, ein Sack aus grobem Stoff, genau solch einer, wie ihn die Diebe in der Nacht verwendet hatten. Er schluckte, blickte Zoe an, die es noch immer nicht wagte, auch nur ein Augenlid zu heben, und streckte schließlich die Hand aus. Vorsichtig, zaghaft, um nur nicht mit der Leiche in Berührung zu kommen, hob er den Beutel hoch. Er war schwerer als erwartet. Gerade wollte er ihn an sich nehmen, da verfing er sich in dem hellen Stoff, der über die Leiche gebreitet war. Das dünne Tuch rutschte vom Gesicht des Toten. Jannis stieß einen leisen Schrei aus, woraufhin Zoe unwillkürlich ihre Augen öffnete. Beide blickten auf das blasse Gesicht mit den eingefallenen Wangen und den tiefen Augenhöhlen.

Zoe flüsterte mit zitternder Stimme: »Jannis, das ist ja eine Frau. Eine, die ich kenne. Das ist die alte Myrsini!« Sie war ganz aufgeregt. »Sie kam manchmal zu meiner Großmutter, um sie zu besuchen. Meine Großmutter mochte sie aber nicht.« Zoe konnte ihren Blick nicht von der Toten wenden.

»Mein Gott, Zoe, bist du sicher?«, fragte Jannis überrascht.

Zoe nickte bestimmt: »Ja, ganz sicher! Ich erkenne sie an der riesigen Warze auf ihrer Nase, sieh mal.«

»Ist dir klar, was das bedeutet?« Jannis sah Zoe an. »Wenn das die alte Myrsini ist, dann sind wir hier im Haus der hässlichen Aglaia und ihrer Familie.« Jannis wurde ganz schwindelig. Was hatte das zu bedeuten? Er konnte keinen klaren Gedanken fassen. Erst einmal mussten sie diesen furchtbaren Ort verlassen, mussten weg von dieser Leiche. Jannis nahm seinen gesamten Mut zusammen und ergriff mit spitzen Fingern das Stofftuch. Gerade wollte er es zurück über das Gesicht der Leiche ziehen, als Zoe ihn mit einem leisen, überraschten Aufschrei davon zurückhielt. »Sieh mal, Jannis. Da, am Hals der Alten. Siehst du das? Zwei kleine rote Punkte, wie Nadelstiche.« Jannis sah genauer hin. Das war wirklich seltsam, der ganze Hals war gerötet und angeschwollen. Er erstarrte erneut vor Schreck: »Die alte Myrsini ist von einer Schlange gebissen worden.« Ruckartig schloss er den Sargdeckel und hielt Zoe nun endlich den Stoffbeutel unter die Nase. »Ich glaube, das ist das, was wir suchen. Überzeug dich selbst …«

Zoe steckte vorsichtig ihre Hand hinein und zog sie, goldgefüllt, wieder daraus hervor. Beide Kinder hielten den Atem an. Was für schöner Schmuck! Noch einmal griff Zoe zu, wühlte hier, fühlte da …

Plötzlich stieß sie einen Schrei aus.

»Jannis! Irgendetwas hat mich gebissen!« Mit einem heftigen Ruck zog sie ihren Arm heraus, zusammen mit einer kleinen Schlange, die mit leisem Klatschen auf den Boden prallte und sich dann eilig in eine dunkle Ecke verkroch. Zoe jammerte laut vor Schmerz und Angst.

»Zeig mal«, Jannis war vor Schreck zusammengezuckt, ergriff ihre Hand und ahnte, was er zu sehen bekommen würde: zwei kleine blutige Wunden, dicht beieinander, wie sie typisch waren nach dem Biss einer Anthelion, einer dieser kleinen, todbringenden Tiere. Genau diese typische Bisswunde zeigte Zoes Hand. Das Mädchen sah ihn aus großen, entsetzten Augen an. »Muss ich jetzt sterben, wie die alte Myrsini?«

»Keine Sorge, Zoe«, versuchte Jannis sie zu beruhigen, obwohl er selbst am ganzen Körper zitterte. »Du wirst nicht sterben, dafür werde ich sorgen …«

Jannis konnte kaum noch klar denken. Wenn Zoe nicht schleunigst Hilfe erhielt, würde sie den nächsten Tag nicht mehr erleben. Sie mussten diesen unglückseligen Raum so schnell wie möglich verlassen. Jannis band sich den Beutel an den Gürtel, zog Zoe auf die steinerne Bank nach oben und half dem geschwächten und zitternden Mädchen, durch die Öffnung nach außen zu gelangen. Dann krabbelte er mit Mühe hinterher und ließ sich auf der anderen Seite ebenfalls in die Tiefe fallen.

»Da seid ihr ja endlich«, flüsterte Nikos den beiden ungeduldig entgegen. »Was habt ihr denn so lange da drinnen gemacht?« Er gab seinem Bruder einen freundschaftlichen Klaps auf die Schulter. »Mensch, ich dachte schon, ihr hättet mich hier draußen vergessen. Jetzt aber nichts wie heim. Du wirst staunen, Jannis, was ich erfahren habe über ...« Endlich stoppte er. »Mein Gott, Jannis, alles in Ordnung? Was hast du da? Was ist in dem Beutel? Doch nicht etwa das Gold?« In seinem Gesicht spiegelten sich Überraschung und Respekt.

»Doch, genau das.« Jannis nickte nur knapp. Wie sehr hatte er sich gewünscht, seinen Bruder so zu überraschen. Doch jetzt kreisten seine Gedanken ausschließlich um Zoe. Leise sagte er zu Nikos: »Sie ist gebissen worden, von einer Anthelion. Wenn wir nicht wie der Blitz für Hilfe sorgen, dann ...« Er wagte nicht, seine Gedanken in Worte zu fassen. Stattdessen griff er Zoe stützend unter einen Arm.

Nikos erblasste. »Wir müssen zu Schliemann, sofort, er wird wissen, was zu tun ist ...«

Das Gift in Zoes Körper begann inzwischen Wirkung zu zeigen. Sie hing geschwächt zwischen den Jungen und konnte kaum noch einen Fuß vor den anderen setzen. Ihr Gesicht glühte und immer wieder stöhnte sie leise auf. Die Jungen trugen sie mehr, als dass sie sie stützten. Der Weg zum Ortsausgang schien endlos und sie waren mehr als auffällig. Was würde passieren, wenn man sie entdeckte? Was war, wenn jemand aus Aglaias Familie merkte, dass Jannis mitsamt dem Gold verschwunden war?

Keiner der drei wollte sich das ausmalen. Sie mussten es schaffen! Endlich erreichten sie den Esel, der noch brav dort stand, wo Nikos ihn angebunden hatte. Die Jungen halfen Zoe hinauf. Dann nahm Jannis hinter ihr Platz, um sie während des holprigen Ritts zu stützen. Der Sack mit dem Gold klemmte zwischen ihnen.

Die Jungen blickten noch einmal hinter sich in die schwarze Nacht. War ihnen wirklich niemand gefolgt? Nein, kein Mensch war zu sehen, auch nicht zu hören, aber die Jungen ahnten, dass die Nacht und ihre undurchdringliche Finsternis noch so manch böse Überraschung würde bringen können.

Als sie eine Weile unterwegs waren, fragte Jannis plötzlich vom Rücken des Esels: Was hast du vorhin damit gemeint: ›Ich würde staunen …‹?«

Nikos antwortete: »Ich hab was Wichtiges von Vater erfahren: Spyros war bestimmt nicht schuld am Unfall auf der Grabung. Ganz im Gegenteil, er hat Vater rechtzeitig gewarnt und damit Schlimmeres verhindert, wahrscheinlich hat er ihm das Leben gerettet!«

Jannis staunte. »Dann haben wir uns in Spyros getäuscht?« Er versank für einen Moment in nachdenkliches Schweigen, dann berichtete er seinem Bruder, was er in der Zwischenzeit erlebt und gesehen hatte. Von der Zitronenlimonade, die ihn in tiefen Schlaf gehüllt hatte, von dem Sarg, von der toten Myrsini, dem Dicken und seinem Lachen und natürlich von dem Gold.

Nikos staunte: »Du hast wirklich den Sarg geöffnet und

hineingefasst? Das hätte ich mich nie getraut!« Seine Stimme war voller Bewunderung für den Jüngeren und trotz allem spürte Jannis, wie gut ihm die Anerkennung tat.

Sie eilten weiter durch die sternklare Nacht. Verzweifelt hofften sie, dass der Weg sie möglichst bald zu ihrem Ziel, zur schliemannschen Grabung, führen würde. Hatten sie an der letzten Kreuzung den richtigen Abzweig erwischt, der sie dorthin bringen würde?

Zoe stöhnte auf. Den Jungen saß die Angst im Nacken. Wenn sie jetzt, mitten in der Nacht, entdeckt wurden, bei sich ein kleines Mädchen, das nahezu im Sterben lag, und dazu noch einen großen Sack voller Gold in den Händen, an dem noch die Erde der Ausgrabung klebte … Jeder, der sie hier und um diese Uhrzeit sah, würde natürlich denken, sie selbst hätten das Gold von der Ausgrabung gestohlen. Oder – mindestens genauso furchtbar – man würde annehmen, ihr Vater hätte sie zu dieser Tat angestiftet. Ins Gefängnis würde er wandern. Nikos stockte der Atem. Ja, man würde sie für die Golddiebe halten, für unverantwortliche obendrein, für solche, denen ein Menschenleben völlig egal war. Zoe zumindest würde schon bald nicht mehr zu ihren Gunsten aussagen können.

»Wir müssen umkehren.« Sogar Nikos zitterte am ganzen Körper. »Das kann nicht der richtige Weg zur Grabung sein. Wenn wir nicht bald bei Kyrie Schliemann sind …«

»Ja, du hast recht«, erwiderte sein Bruder, der vor Angst nur noch zu flüstern wagte. »Zoe ist bald verloren …«

Nikos blickte sich um und versuchte, in den sich dunkel abzeichnenden Umrissen etwas Bekanntes zu erkennen.

Plötzlich rief er: »Jannis, sieh doch mal.« Seine Stimme klang aufgeregt, als er auf den tiefschwarzen Umriss einer kleinen Hütte zeigte, die am Wegesrand stand. »Weißt du, wo wir sind? Das ist die Hütte, die Vater und uns früher oft als Unterschlupf diente, wenn wir nachts bei den Schafen und Ziegen schliefen, erinnerst du dich?«

Jannis nickte und ihm wurde klar, was das bedeutete. »Das heißt, dass wir hier falsch sind, so ein Mist! Das ist nicht der Weg zu Kyrie Schliemann!«

Noch während er die Worte aussprach, gab Nikos dem Esel durch einen festen Ruck am Seil zu verstehen, dass er wenden sollte. »Nun mach schon, du dummes Tier. Dreh dich um und beweg deinen dicken Hintern!«

Als hätte der Esel die Beleidigung verstanden, blieb er wie angewurzelt stehen und stieß zu allem Übel noch ein markerschütterndes »Iiiiiii-Aaaaaaaa« nach dem anderen aus. Je ungeduldiger Nikos an dem Seil zerrte, umso störrischer wurde das Tier.

»Los, steig ab!«, befahl er seinem Bruder.

»Wir drehen dieses eigensinnige Tier mit vereinten Kräften. Und dann müssen wir weg, aber schnell!«

Jannis ließ sich vom Rücken des Esels gleiten, hängte sich den Beutel mit dem Gold um die Schulter und versuchte gemeinsam mit Nikos, den schreienden Esel in Bewegung zu setzen. Sie waren so damit beschäftigt, dass sie nicht bemerkten, wie zwei Männer, der eine von ihnen dick, der andere dünn, aus der Dunkelheit auf sie zutraten.

»Na, wen haben wir denn da!«, brüllte der Dicke.

Die Kinder erstarrten. Sie blickten in seine weit aufgerissenen Augen und sahen nur noch, wie er sich – mit ausgebreiteten Armen und einem teuflischen Lachen – auf sie stürzte. Dann begrub er sie unter sich mit seinem ganzen Gewicht und seiner massigen Körperfülle.

Das Ende eines Hasenfußes

Zoe saß wie gelähmt auf dem Rücken des Esels. Wie durch einen Schleier nahm sie wahr, dass sich ein dicker Mann auf die beiden Brüder stürzte. Ein dünner Mann trat dicht an sie heran. Als er sie ansprach, hörte sie seine Stimme wie durch dicke Watte: »Na, meine Kleine, so ganz alleine, mitten in der Nacht? Das ist aber kein schöner Ort für ein so nettes und hübsches Mädchen wie dich. Passt denn keiner auf dich auf? Auf deine beiden Freunde ist wohl kein Verlass, hm?« Er lachte ein furchtbares, eiskaltes Lachen. »Weißt du was?«, fuhr er in unheimlichem Flüsterton fort, »ich bringe dich lieber weg von hier.« Er hob einen großen Sack, den er in Händen hielt, über den Kopf des Mädchens. Zoe konnte sich weder rühren noch irgendeinen Laut von sich geben. Jannis und Nikos konnten ihr nicht helfen, sie waren viel zu sehr damit beschäftigt, sich gegen den Dicken zur Wehr zu setzen, der sie inzwischen beide fest im Würgegriff hielt. Zoe gab jede Hoffnung auf. Gleich würde sie spüren, wie der Stoff sie umhüllte, wie sie darin wie eine Maus in einer Falle gefangen sein würde. Das war ihr Ende. Mit dem Gift in ihrem Körper hatte sie keine Chance. Sie schloss die Augen und ergab sich ihrem Schicksal.

Plötzlich hörte sie einen schweren Schlag. Es folgte ein dumpfes Stöhnen und kurz danach ein Geräusch, das wie der Aufprall eines Körpers auf sandigem Boden klang. Mit letzter Kraft drehte sie sich um und glaubte kaum, ihren Augen zu trauen. Der unheimliche Mann stand nicht mehr hinter ihr, sondern lag am Boden und rührte sich nicht. Er schien ohnmächtig zu sein. Neben ihm stand Spyros, in der Hand hielt er eine Schaufel, und schaute zufrieden auf sein Werk: »*Der* Typ gibt erst mal Ruhe. Dir wird er auf jeden Fall nichts mehr tun, hab keine Angst, Zoe.«

Zoe hätte laut schreien mögen vor Freude. Wo kam Spyros denn so plötzlich her? Aber sie nickte nur matt, ohne dass es ihr gelang, ihre Lippen zu einem einzigen Wort oder einem Lächeln zu formen.

Der Lärm hatte den Dicken aufschrecken lassen. Er blickte hoch, ließ gleich darauf die Jungen los, nicht ohne ihnen noch einen kräftigen Stoß zu versetzen, und stürzte sich dann mit ganzer Kraft auf Spyros. Der wich dem Angriff geschickt aus, und als der Dicke neben ihm zu Boden stürzte, holte er mit der Schaufel zu einem gewaltigen Schlag auf seinen Kopf aus. Nun lag auch der Dicke regungslos da.

Jannis und Nikos rappelten sich auf und starrten Spyros an. Wo kam er her und was machte er hier? Spyros, den sie noch bis vor Kurzem für einen miesen Halunken und goldgierigen Dieb gehalten hatten, entpuppte sich schon wieder als Lebensretter, nun auch als ihrer! Bevor sie ihn mit erstaunten und neugierigen Fragen löchern konnten, ergriff er das Wort: »Los«, rief er ihnen zu und deutete auf den Boden, »nehmt die Seile, mit denen die Ganoven euch fesseln wollten, und knüpft euch den Langen vor. Jetzt packen wir zwei große Pakete, über die sich die Polizei in Kumkaleh mächtig freuen wird, stimmt's, du elender Mistkerl?« Bei diesen Worten kniete sich Spyros neben den Dicken und verschnürte dessen Hände und Füße. Dann nahm er den großen Stoffsack, den der Dicke dabeihatte, und stülpte ihn ihm über den Kopf. »Elena, sei so gut und hilf deinen Brüdern.«

Die Jungen sahen hoch und erblickten ihre Schwester. »Elena«, riefen sie überrascht und voller Freude. »Wo kommst du denn her?«

Das Mädchen stürzte sich erleichtert auf ihre Brüder und drückte jeden von ihnen kräftig an sich: »Das erkläre ich euch später in Ruhe. Wie bin ich froh, euch zu sehen!« Sie hockte sich zu Jannis und Nikos auf den Boden und gemeinsam fesselten sie den zweiten Mann.

Kurze Zeit später lagen zwei verschnürte Säcke auf dem Weg, der eine kurz und dick, der andere lang und dünn, zwei Pakete, die nach einer Weile anfingen, gewaltig zu fluchen und zu zappeln. Spyros gab dem Dicken einen

Fußtritt: »So hässlich wie deine Tochter so hässlich ist dein Charakter, du Mistkerl …«

Sie sahen, wie Spyros den Dicken mit festem Griff dazu zwang, sich aufzurichten. Dann führte er ihn, der wegen seiner gefesselten Füße nur mit winzigen Schritten trippeln konnte, am Arm davon.

»Nehmt ihr den anderen«, forderte er Elena und ihre Brüder auf.

Gemeinsam gingen sie zu der kleinen Schutzhütte hinüber, deren Tür weit offen stand.

»Hier ist ein guter Platz für diese Dreckskerle«, entfuhr es Spyros. Sein Gesicht verzog sich zu einem zornigen Grinsen. Er schubste den Dicken unsanft hinein. Gleich danach stolperte der lange Dünne hinterher. Elena verschloss die Tür sorgfältig.

Plötzlich fiel Jannis' Blick auf Zoe, die noch immer stumm zusammengesackt auf dem Esel saß. Jeden Moment würde sie das Gleichgewicht verlieren und zu Boden stürzen.

»Zoe muss so schnell wie möglich geholfen werden, sie ist gebissen worden, von einer Anthelion«, rief Jannis den anderen zu.

Augenblicklich erstarb das Grinsen auf Spyros' Gesicht. »Mein Gott, das sagst du erst jetzt?« Er sprang zu dem Mädchen hinüber, hob die kleine Gestalt vom Esel, trug sie hinüber zu seinem Pferd, das neben der Hütte stand, und wandte sich an Elena und die Jungen: »Ich reite mit ihr zu Kyrie Schliemann. Er wird wissen, was zu tun ist.

Er hat schon viele Menschen geheilt.« Voller Sorge blickte er erst Zoe, dann Elena an. »Hoffentlich ist es nicht zu spät!«, flüsterte er.

»Spyros!« Jannis bückte sich nach dem Sack mit dem Gold, der bei dem Angriff der Männer zu Boden gefallen war. »Nimmst du das hier mit und gibst es dem Kyrie?«

»Was ist das denn?«, fragte Spyros neugierig.

Jannis, der beinahe schon vergessen hätte, dass Spyros, den sie so lange für den Dieb gehalten hatten, von dem Gold gar nichts wissen konnte, antwortete: »Gold, sehr viel Gold. Es stammt von der Grabung. Der Dicke und sein Kumpel haben es dort in der vorletzten Nacht mitgehen lassen.«

Spyros staunte nicht schlecht. »Darauf also war Aglaias Vater scharf. So ähnlich hatte ich mir das gedacht. Dieses Gold hätte mein Vater bekommen, wenn ich seine Tochter, dieses furchtbare Weibsbild, geheiratet hätte … Aber das wird nun niemand mehr von mir verlangen!«

Jannis fügte noch hinzu: »Und wenn der Kyrie alles der Polizei meldet, dann sollte einer von denen unbedingt mal einen Blick in den Sarg der alten Myrsini werfen. Irgendwas stimmt da nicht.« Spyros blickte ihn fragend an, nickte aber nur und versprach, all das genau so auszurichten.

Nach einem flüchtigen Kuss auf Elenas Wange rief er den Jungen einen Abschiedsgruß zu, dann schwang er sich auf das Pferd und preschte davon.

Elena sah ihre Brüder an: »Jetzt will ich nur noch

eines: nach Hause! Auf dem Weg werde ich euch alles erzählen und ihr müsst mir auch alles von Anfang an berichten.«

Zusammen mit dem Esel machten sich die drei auf den Weg zurück nach Hissarlik.

Am nächsten Nachmittag saßen alle dicht gedrängt um das Krankenbett des Vaters: Jannis, Nikos, die Mutter, Elena und Spyros, auch Dimmi, der Dorfälteste, hatte es sich so nicht nehmen lassen zu kommen und sogar Zoe war der Einladung gefolgt. Sie war zwar noch schwach und fühlte sich elend, aber sie befand sich nicht mehr in Lebensgefahr, nachdem Schliemann ihr eines seiner wirksamen Wundermittel verabreicht hatte.

Der Kyrie hatte nicht schlecht gestaunt, als Spyros spät am Abend an der Tür des Grabungshauses geklopft und ihm zuerst die kleine Zoe und dann einen Beutel voller Gold entgegengehalten hatte. Während Zoe quasi in letzter Sekunde die rettende Medizin erhalten und sich eine Weile auf Schliemanns Krankenbett erholt hatte, hatte Spyros dem Kyrie in aller Kürze alles Weitere berichtet, von Jannis, Nikos, den beiden Ganoven und natürlich von dem Schatz. Den hatte Schliemann staunend und dankbar immer und immer wieder betrachtet. Er hatte Spyros gedankt, hatte Grüße an Jannis und Nikos ausrichten lassen und ihnen für den heutigen Tag freigegeben. Noch in derselben Nacht wollte er die Polizei in Kumkaleh verständigen.

All das berichtete Spyros, der bereits am frühen Morgen bei der Familie aufgetaucht war, voller Freude und rührend besorgt um aller Wohlbefinden, vor allem aber um das von Elena.

Der Mutter war der gestrige Abend wie ein Wunder erschienen. Als Elena zusammen mit Jannis und Nikos vor der Tür gestanden hatte, hatte sie immer wieder gerufen: »Bist du es wirklich, bist du es wirklich?«

Auch Dimmi blickte zufrieden und gespannt in die Runde. Zur Feier des Tages servierte die Mutter eine Reihe verschiedener Süßigkeiten und dazu selbst gemachte Limonade.

»Die kannst du beruhigt trinken«, lachte Jannis, als er in Zoes Gesicht blickte und ihre Gedanken las. Und das Mädchen stimmte in sein Lachen ein. Jeder der Gäste probierte von Halwa, Loukoumades und den anderen Köstlichkeiten, die herumgereicht wurden, lobte die Köchin und Bäckerin und freute sich über Jorgos' langsame, aber stetige Gesundung.

»Ich will ja wirklich nicht ungeduldig erscheinen, aber kann mir mal jemand sagen, was hier eigentlich los ist und was wir feiern?«

Dimmi, ansonsten immer derjenige, der über alles, was im Dorf passierte, genauestens Bescheid wusste, rutschte voller Ungeduld auf seinem Stuhl hin und her wie ein kleiner Junge. Irgendetwas Entscheidendes schien er verpasst zu haben und das machte ihn sichtlich nervös.

Der Vater setzte sich auf seiner Liege aufrecht, räusperte sich feierlich und begann mit einer kleinen Ansprache.

»Ich bin kein guter Redner und hasse viele Worte. Aber der heutige Tag ist ein ganz besonderer und dazu muss ich etwas sagen. Wir sitzen hier zusammen, weil es tatsächlich etwas zu feiern gibt. Da liegst du ganz richtig, Dimmi.«

»Komm endlich zur Sache«, drängte Dimmi übermütig. »Oder brauchst du etwas, das deine Zunge löst, soll ich dir einen Ouzo bringen?«

Jorgos musste lachen. »Nein, ich hoffe, ich schaffe das auch so.« Er blickte lächelnd nacheinander Jannis, Nikos und Zoe an, dann wanderte sein Blick zu Spyros und blieb, während er weitersprach, bei Elena hängen.

»Wenn man es recht bedenkt, gibt es jeden Tag etwas zu feiern. Manchmal vergisst man das. Dass wir gesund sind, zu essen haben, lieben und geliebt werden.«

Während der letzten Worte nahm Elenas Gesicht eine leicht rote Färbung an und sie senkte ihren Blick zu Boden.

Ihr Vater fuhr fort: »Dass Spyros heiraten wird, wissen alle ja seit einigen Tagen. Was aber noch keiner weiß: Auch unsere Elena wird heiraten!«

Die Jungen starrten sie völlig überrascht an. »Ja, aber wen denn?«, fragten sie gleichzeitig wie aus einem Mund.

Elena musste lachen und statt einer Antwort gab sie Spyros einen dicken Kuss. »Spyros natürlich, wen denn sonst?«

Spyros wirkte überglücklich. Strahlend vor Freude wandte er sich an Jannis, Nikos und Zoe: »Euch dreien haben wir das zu verdanken. Die beiden Männer, die ihr verfolgt und in der letzten Nacht gefesselt habt, sind gemeine Golddiebe. Der eine ist Aglaias Vater, der andere ihr Bruder. Wäret ihr nicht dem Goldraub auf die Spur und den Golddieben auf die Schliche gekommen und hättet ihr nicht zu guter Letzt die Verbrecher überführt, dann hätte niemand jemals erfahren, was für Gauner Aglaias Verwandte sind. Dann wäre ich schon bald der Ehemann dieses furchtbaren Weibsbildes geworden.«

Seine Zuhörer staunten.

Spyros fuhr fort: »Sie brauchten Geld, denn sie wollten für ihre Tochter einen Mann kaufen und sie wussten sich nicht anders zu helfen. Das war nicht ganz billig und mein Vater hat sich auf diesen furchtbaren Handel eingelassen. Wäre es zu einer Hochzeit zwischen Aglaia und mir gekommen, dann hätte meine Familie viel Gold erhalten und keine Geldsorgen mehr gehabt ... Diese Sorgen behält meine Familie zwar nun, aber ich habe eine Sorge weniger!« Er strahlte Elena an.

Während alle beieinandersaßen, verriet ein Klopfen an der Tür, dass weiterer Besuch um Einlass bat.

Die Mutter stand auf. Als sie zurückkam, strahlte ihr Gesicht vor Stolz: Kein Geringerer als Kyrie Schliemann selbst war es, der hinter ihr den Raum betrat. Er begrüßte alle Anwesenden freundlich und nahm dankend auf dem Stuhl Platz, den ihm die Mutter eilig anbot. Nur Nikos ließ sich von dem Besuch nicht beeindrucken, sondern platzte mit einer Frage heraus: »Ja, aber der Unfall auf der Grabung? Wie konnte denn der passieren? Hatten denn auch da Aglaias Verwandte ihre Finger mit im Spiel?«

Einen Moment herrschte Stille im Raum, dann räusperte Kyrie Schliemann sich und ergriff das Wort: »Nein, dafür ist kein anderer verantwortlich als ich ganz allein. Ich wollte nicht darüber sprechen, aber ihr sollt es wissen. Ich mache mir die allerschlimmsten Vorwürfe. Viel zu tief habe ich die Gräben ausheben lassen, ohne Stützen, immer weiter in die Tiefe. Ich dachte, das würde halten. Ich bin so dankbar, dass nichts Schlimmeres passiert ist, dass niemand gestorben ist, denn was wäre dann aus euren Familien und was wäre aus der Grabung geworden? Wieder ein Ort des Todes, gleichbedeutend mit Unglück und Trauer.

Bis auf die Tote und deren Familie können nun alle glücklich sein. Sogar mich seht ihr heute so strahlend wie nie! Nach dem wunderbaren Goldfund glaube ich nun noch fester an Troja als zuvor. Ich bin mir sicher, dass mir bald die ganze Welt glauben wird, dass hier in Hissarlik der Krieg um Troja stattgefunden hat! Und dafür danke ich euch.« Er blickte Jannis, Nikos und Zoe überglücklich an. »Durch eure Mithilfe ist noch etwas anderes ans Tageslicht gekommen. Gleich heute früh untersuchten einige Polizisten aus Kumkaleh das Haus der Golddiebe. Sie stießen dabei auf die Leiche der alten Myrsini. Nun, diese Leute schreckten wohl vor nichts zurück. Wie es aussieht, ist die Alte keines natürlichen Todes gestorben, eine Schlange hat sie in den Hals gebissen, jetzt wird man prüfen, ob dafür nicht auch Aglaias Vater verantwortlich ist.«

Schliemann zog drei Umschläge aus seiner Jackentasche und überreichte sie den Kindern: »Ein kleines Dankeschön von mir.«

Einen weiteren Umschlag erhielt Spyros mit den Worten: »Auch du sollst belohnt werden, denn auch dir haben wir viel zu verdanken. Auf keinen Fall soll Elena einen armen Mann heiraten. Ihr beide habt euch ein wunderbares Beispiel an Paris und Helena genommen, aber euch wünsche ich von Herzen, dass ihr sehr viel glücklicher miteinander werdet.«

Jannis und Nikos blickten den Kyrie fragend an und Dimmi lachte laut los.

»Jungs, ihr erinnert euch wohl nicht an die Geschichte vom trojanischen Prinzen und seiner Geliebten? Eure Schwester hat da anscheinend ein besseres Gedächtnis, sie hat sich den alten Homer offenbar zu Herzen genommen, denn sie hat sich von ihrem Liebsten freiwillig entführen lassen, genau wie Helena, nicht wahr?« Er blinzelte Elena und Spyros verschmitzt zu.

Als sich nach dem aufregenden – und zu guter Letzt sogar fröhlichen – Tag die Brüder am Abend erschöpft, aber glücklich auf ihren Matratzen ausstreckten, sagte Jannis zufrieden: »Endlich wieder mal eine Nacht, die keiner von uns draußen verbringen muss!«

»Ja, und das verdanken wir dir!«, erwiderte Nikos ebenso zufrieden. »Hättest du deine Mutprobe nicht doch noch so glänzend bestanden, wer weiß, ob wir uns dann nicht noch mal die eine oder andere Nacht in einem der ungemütlichen Gräben um die Ohren hätten schlagen müssen …«

»*Wir? Ich* habe dort gesessen, damit du mich nicht mehr Hasenfuß nennst!«

»Ja, und ich? Ich musste auf dich warten! Schon deswegen werde ich dafür sorgen, dass dich niemand mehr so bezeichnet. Und falls doch, dann bekommt er es mit mir zu tun …«

Jannis hörte die Worte seines Bruders schon nicht mehr. Er war längst zufrieden eingeschlafen.

Heinrich Schliemann sollte recht behalten. Am 31. Mai 1873 entdeckte er in einer Tiefe von 8,50 m hinter einem kupfernen Gefäß tatsächlich Gold, einen riesigen Goldschatz, den sogenannten Schatz des Priamos. Am Abend dieses ereignisreichen Tages notierte er in sein Tagebuch:

Ich stieß »… unmittelbar neben dem Hause des Priamos auf einen großen kupfernen Gegenstand höchst merkwürdiger Form, der umso mehr meine Aufmerksamkeit auf sich zog, als ich hinter demselben Gold zu bemerken glaubte. (…) Um den Schatz der Habsucht meiner Arbeiter zu entziehen und ihn für die Wissenschaft zu retten, war die allergrößte Eile nötig und, obgleich es noch nicht Frühstückszeit war, so ließ ich doch sogleich ›païdos‹ (…) ausrufen, und während meine Arbeiter aßen und ausruhten, schnitt ich den Schatz mit einem großen Messer heraus, was nicht ohne die allergrößte Kraftanstrengung und die furchtbarste Lebensgefahr möglich war, denn die große Festungsmauer, welche ich zu untergraben hatte, drohte jeden Augenblick auf mich einzustürzen. Aber der Anblick so vieler Gegenstände, von denen jeder einzelne einen unermesslichen Wert für die Wissenschaft hat, machte mich tollkühn und ich dachte an keine Gefahr.«

(Heinrich Schliemann, Trojanische Altertümer)

GRIECHENLAND ZUR ZEIT HOMERS
DELPHI
ITHAKA
AULIS
THEBEN
KORINTH
MYKENE
PELOPONNES
SPARTA
100 km

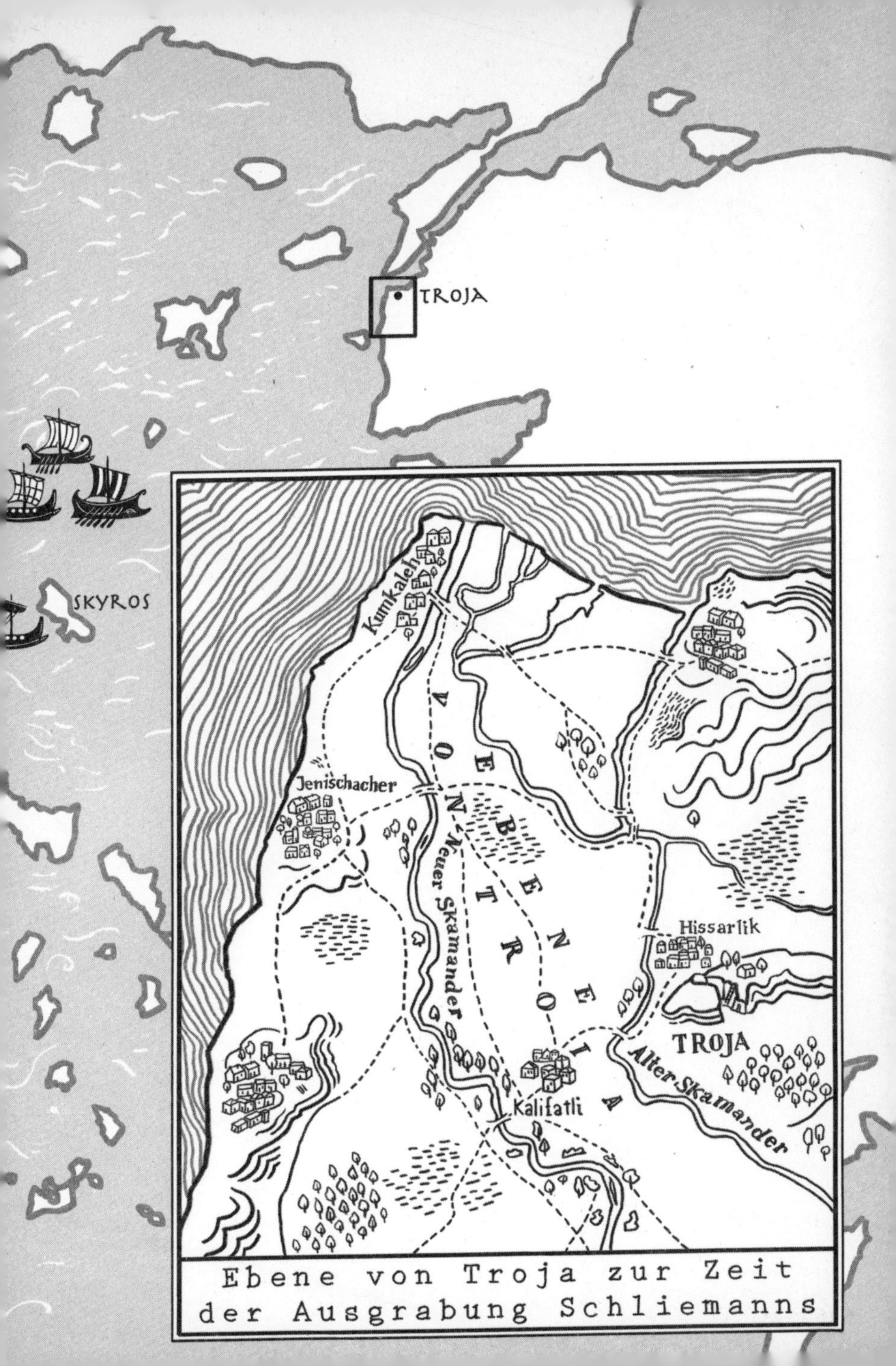

Ebene von Troja zur Zeit der Ausgrabung Schliemanns

Anhang

»Ich habe im Leben immer mehr Glück als Verstand gehabt …«

(Heinrich Schliemann)

Heinrich Schliemann und Troja

Heinrich Schliemann (1822–1890) war der Sohn eines Pastors und verbrachte seine Kindheit in Mecklenburg. Weil das Geld im Hause Schliemann knapp war, konnte Heinrich nicht studieren, sondern musste stattdessen eine Ausbildung zum Kaufmann machen, was ihm keinen großen Spaß machte. Trotzdem hatte er mit dem, was er tat, riesigen Erfolg, zumindest finanziell: Mit 41 Jahren war er durch seinen Beruf so wohlhabend geworden, dass er es sich leisten konnte, mit dem Arbeiten aufzuhören und stattdessen die Welt zu bereisen.

Da er sich schon als Kind für den antiken Schriftsteller Homer und dessen Erzählung vom Trojanischen Krieg begeistert hatte, erfüllte er sich nun einen Kindheitstraum, so beschrieb er es später, und begann damit, nach dem sagenhaften Troja zu suchen.

Um sich möglichst überall auf der Welt unterhalten und

um alte Texte lesen zu können, hatte er eine spezielle Methode entwickelt, mit der er sich jede beliebige Sprache selbst beibringen konnte. Viele Sprachen beherrschte er fließend, sprach einige so gut wie Deutsch. Um Griechisch und Latein lesen, sprechen und verstehen zu lernen, benötigte er nur ein Jahr.

Er reiste, mit einer in altgriechischer Sprache verfassten Ausgabe von Homers Ilias in der Tasche, in die Troas, die Landschaft rund um Troja. Er suchte allerdings zunächst nicht in Hissarlik, sondern an einer anderen Stelle, an einem Ort namens Bunarbaschi, den man damals allgemein für das alte Troja hielt. Aber dort fand er nicht, wonach er suchte.

Als er bereits enttäuscht wieder abreisen wollte, geschah etwas Unvorhergesehenes: Er verpasste seinen Dampfer nach Istanbul und machte die Bekanntschaft des Amerikaners Frank Calvert, der ihm den Tipp gab, dass Troja in dem Berg von Hissarlik, unter einem der Hügel in der Troas, zu suchen sei. Calvert hatte sich bereits einen Teil des Hügels gekauft und gab Schliemann die Erlaubnis, dort zu graben.

Schliemann blieb und begann 1870 damit, den Berg von Hissarlik zu untersuchen. Einige Jahre später fand er dort den sogenannten Schatz des Priamos, den Beweis für Troja, wie er meinte. Dass eigentlich Frank Calvert die Idee gehabt hatte, genau dort nach Troja zu suchen, erwähnte Schliemann mit keinem Wort.

Seit vielen Jahrhunderten kennt man die Ilias und die Odyssee, zwei große antike, in Altgriechisch geschriebene Dichtungen in Reimform, und man verbindet mit ihnen den Namen Homer, jenen griechischen Dichter, der von etwa 750–680 v. Chr. lebte. Er hatte Geschichten aufgeschrieben, die man sich zu seinen Lebzeiten erzählte, die sich aber viele Jahrhunderte zuvor abgespielt hatten.

Die große Frage, die sich jedem stellt, der sich mit Homer beschäftigt, ist die: Ist das, was bei Homer zu lesen ist, ein Bericht oder eine erfundene Geschichte? In der Vergangenheit glaubte kaum jemand daran, dass man Homers Dichtungen wortwörtlich verstehen dürfe. Einige Gelehrte gingen sogar so weit, ganz und gar zu bezweifeln, dass es einen Mann namens Homer jemals gegeben habe. Ganz anders sah das Heinrich Schliemann. Er glaubte an Homer, und zwar felsenfest! Nichts von dem, was der Dichter geschrieben hatte, zog er in Zweifel, sondern nahm alles, was bei ihm zu lesen war, wortwörtlich. Mit den griechischen Originaltexten in der Tasche und einem Spaten in der Hand zog er los und begab sich auf die Suche nach Troja. Heute geht man davon aus, dass die Homerischen Gedichte zu einem großen Teil reine Fantasie sind. Dennoch hat das von Schliemann ausgegrabene Hissarlik in vielen Details große Ähnlichkeit mit dem Ort namens Troja, den Homer in der Ilias beschreibt. Einerseits belächeln viele Wissenschaftler bis heute Schliemanns Homer-

Gläubigkeit und halten selbst nicht viel davon. Dennoch schätzen und achten sie ihn als den unermüdlichen Ausgräber, den »Vater der Vorgeschichtsforschung im ägäischen Raum«.

Homers Ilias und Odyssee

Die griechische und damit die europäische Geschichtsschreibung beginnt mit zwei Erzählungen in Reimform (Epen) aus dem 8. Jh. v. Chr., der Ilias und der Odyssee. Beide Epen spielen uns vor, in einer vergangenen, aber realen Welt der Götter und Helden angesiedelt zu sein. Die Ilias beschreibt einige Tage aus dem insgesamt zehn Jahre dauernden Krieg der Griechen gegen die kleinasiatische Stadt Troja. In der Odyssee geht es um die jahrelang dauernde Heimreise des griechischen Helden Odysseus, während derer er viele Abenteuer und Gefahren zu bestehen hatte. Die Troja-Geschichte ist nicht Homers eigene Erfindung, sondern stammt aus sehr viel früherer Zeit, nämlich aus dem 13. Jahrhundert vor Christus. Sänger (sogenannte »Rhapsoden«) überlieferten über einen Zeitraum vieler Jahrhunderte die Geschichten, bis sie von Homer aufgeschrieben wurden. Zwischen einem Krieg in Troja und Homer liegen also rund 500 Jahre. Homer schrieb also nichts auf, was er mit eigenen Augen gesehen oder gehört hätte. Es ist deshalb schwer, zwischen Erfindung (Dichtung) und Wirklichkeit (Geschichte) zu unterscheiden.

Troja oder Ilion

Homer bezeichnet Troja auch als Ilion. »Troja« bedeutet im eigentlichen Wortsinn so viel wie »weiträumig«, »Ilios« hingegen meint »heilig«, »windig« und auch »steil«. Alle Bezeichnungen zusammen beschreiben den Ort recht anschaulich. Wahrscheinlich wählte Homer zwei verschiedene Namen für denselben Ort, damit er sie in seine Texte, die in bestimmten Versrhythmen geschrieben waren, je nach Klang einfügen konnte.

Heinrich Schliemanns Kindheitstraum von Troja

Heinrich Schliemann erzählte, nachdem er Troja gefunden hatte, gerne die Geschichte, dass er bereits als Kind eigentlich nichts anderes im Kopf gehabt hätte, als Troja zu finden und auszugraben: So heißt es in seiner Autobiografie aus dem Jahre 1881: Oft auch erzählte mir mein Vater *»bewundernd die Taten der Homerischen Helden und die Ereignisse des Trojanischen Krieges und stets fand er dann in mir einen eifrigen Verfechter der Sache Trojas. Mit Betrübnis vernahm ich, dass es, ohne eine Spur zu hinterlassen, vom Erdboden verschwunden sei. Aber als er mir, dem damals beinahe achtjährigen Knaben, zum Weihnachtsfeste 1829 Dr. Georg Ludwig Jerrers Weltgeschichte für Kinder schenkte und ich in dem Buche eine Abbildung des brennenden Troja fand, mit seinen unge-*

heuren Mauern und dem Skaiischen Tore, dem fliehenden Aineias, der den Vater Anchises auf dem Rücken trägt und den kleinen Askanios an der Hand führt, da rief ich voller Freude: ›Vater, du hast dich geirrt! Jerrer muss Troja gesehen haben, er hätte es ja sonst hier nicht abbilden können.‹ – ›Mein Sohn‹, antwortete er, ›das ist nur ein erfundenes Bild.‹ Aber auf meine Frage, ob denn das alte Troja einst wirklich so starke Mauern gehabt habe, wie sie auf jenem Bilde dargestellt waren, bejahte er dies. ›Vater‹, sagte ich darauf, ›wenn solche Mauern einmal da gewesen sind, so können sie nicht ganz vernichtet sein, sondern sind wohl unter dem Staub und Schutt von Jahrhunderten verborgen.‹ Nun behauptete er wohl das Gegenteil, aber ich blieb fest bei meiner Ansicht und endlich kamen wir überein, dass ich dereinst Troja ausgraben sollte«.

Heinrich Schliemann – ernst zu nehmender Archäologe oder verantwortungsloser Schatzsucher?

Heinrich Schliemann ist es zu verdanken, dass die Archäologie populär wurde. Er selbst wurde zu einem der bekanntesten Archäologen. Zwanzig Jahre lang, zwischen 1870 und 1890, gingen die Geschichten seiner Grabungen aus Troja, Mykene und Tiryns um die halbe Welt und wurden von den Menschen begierig aufgesogen.

Bis heute bewerten die Archäologen das, was Schliemann in der Archäologie geleistet hat, allerdings ganz unterschiedlich. Am meisten kritisieren sie, dass er bei seinen »Schatzsuchen« so viele antike Stätten und so viele Fundstücke für immer zerstört hat. Andere Wissenschaftler vertreten die Meinung: Die Fehler, die Schliemann gemacht hat, hätten viele andere auch gemacht, denn sie waren (noch) typisch für ein ganzes Zeitalter. Kritiker widersprechen ihnen und sagen: Hätte Schliemann zuerst bei anderen Feldarchäologen gelernt oder sich in Grabungstechnik ausbilden lassen (die es bereits gab!) und hätte er erst dann mit seiner Ausgrabung begonnen, dann wäre er ganz bestimmt anders vorgegangen und hätte viele Funde gerettet.

Auf anderen Ausgrabungen gingen Archäologen bereits anders und viel vorsichtiger vor: Zwei Jahre nachdem Schliemann seine erste Grabungskampagne in Hissarlik beendet hatte, begannen die Wissenschaftler des Deutschen Archäologischen Institutes, systematisch in Olympia (Griechenland) zu graben und zu forschen. Inzwischen hatte man erkannt, dass sich die Zeitenabfolgen in unterschiedlichen Schichten im Boden ablesen lassen und dass diese einzelnen Schichten, bei geschultem Auge, gut voneinander zu unterscheiden sind. Das war der Grund dafür, dass man nun damit begann, ganz langsam und behutsam in die Tiefe vorzudringen. Als Schliemann die Grabung von Olympia besuchte, zeigte er dafür allerdings kein Verständnis: »Ganz verkehrt machen es die Herren. Sie heben da immer eine Schicht nach der anderen ab, da werden sie unendliche Zeit und Geld verbrauchen: Gleich in die Tiefe muss man gehen, dann findet man!«

Fest steht: Schliemann hätte, wäre er weniger waghalsig gewesen, wahrscheinlich nie Troja entdeckt.

Tiryns und Mykene

In Mykene, einem Ort in Griechenland, auf dem südlichen Peloponnes gelegen, grub Schliemann seit 1874, um weitere Informationen über König Agamemnon (Oberbefehlshaber der griechischen Streitmacht, die vor Troja gekämpft hatte) zu erhalten und um mehr über die Stadt zu erfahren, die dieser König regiert hatte. Mykene war in der Vergangenheit einmal die bedeutendste Stadt ganz Griechenlands gewesen. Tiryns, eine antike Stadt nicht weit entfernt, interessierte ihn, weil er hier mehr über die mykenische Kultur jener Zeit zu erfahren hoffte.

Homers Troja: Erfindung oder Erinnerung?

Homer beschreibt in seinen Geschichten viele Details einer Landschaft, erwähnt aber nichts, was eine Benennung ganz eindeutig machen würde. Schon in der Antike war man sich über die Lage Trojas deshalb nicht mehr sicher und man fragte sich, »ubi Troia fuit«, wo Troia wohl gewesen sein könnte. Viele Archäologen glauben bis heute, dass Homer die ganze Geschichte der Ilias nur erfunden hat, dass also die antiken Reste, die in dem Hügel von Hissarlik gefunden wurden und noch immer freigelegt werden, gar nichts mit dem berühmten Troja zu tun haben. Hat es einen Ort namens Troja vielleicht nie gegeben? Hat sich Homer diese Stadt und ihren Namen vielleicht einfach nur ausgedacht?

Noch 1992 schrieb ein Wissenschaftler, der in Hissarlik grub: »Die Archäologie kann den Troischen Krieg nicht nachweisen, wenn wir nicht sicher sind, dass dieser Ort Troia war. Nichts hat dies bisher bewiesen. (…) nichts, das uns tatsächlich erzählen würde: Hier liegt Troia. …« Doch nur kurze Zeit später geschah etwas Aufsehenerregendes, das der ganzen Frage nach Troja eine neue Richtung gab: In der Zwischenzeit hatte man in einem hethitischen Keilschrifttext, in dem es um Texte ging, die sich die Vertreter verschiedener Länder geschickt hatten, einen Landesnamen entziffert: Wilusa. Die Wissenschaftler jubelten, denn dieser Name schien die Bezeichnung für Ilios, also für Troja, zu sein! So glaubte man endlich den Beweis dafür zu haben, dass Troja nicht erfunden war. Und nun schien noch mehr festzustehen: Das Troja der späteren Griechen war einst das Wilusa der alten, vergessenen Hethiter gewesen, das schon vom 16.–13. Jahrhundert vor Christus von Bedeutung gewesen war. Ob das stimmt? Auch das bezweifelt ein Teil der Archäologen, andere wiederum halten diese These für absolut möglich.

Hethiter

Die Hethiter waren ein Volk, das im 2. Jahrtausend vor Christus in Kleinasien, im Raum der heutigen Türkei, lebte.

Ihre Hauptstadt war Hatusa, im Landesinnern gelegen. Die Hethiter waren weit über ihre eigenen Landesgrenzen politisch aktiv und einflussreich.

Archäologen gehen heute davon aus, dass das Reich schon ab etwa 1195 v. Chr. nicht mehr existierte, weil man keine Schriftquellen finden kann, die aus jüngerer Zeit stammen. Bereits in der Antike hatte man die Hethiter völlig vergessen, nur in der Bibel werden sie an einigen Stellen erwähnt.

Erst Anfang des 20. Jahrhunderts wurde man durch einen Hinweis auf einen entdeckten Keilschrifttext wieder auf die Hethiter aufmerksam und man begann nun damit, das völlig vergessene Volk und ihr Reich zu erforschen.

Troas

Troas ist der (antike) Name einer Landschaft im nordwestlichen Teil Anatoliens, südöstlich der Meerenge der Dardanellen. Hissarlik/Troja liegt in der Troas.

Die Grabungsstätte Hissarlik

Hissarlik ist ein 15 Meter hoher Siedlungshügel an der Südwesteinfahrt in den Hellespont, im Nordwesten der Türkei. Weil der Ort so günstig lag, war er dauerhaft, über viele Jahrtausende, seit 3000 v. Chr., bewohnt, vielleicht sogar seit 5000 v. Chr. In dem Hügel unterscheiden die Archäologen zehn verschiedene Schichten (Troia I – Troia X).

Die Schicht VII a bzw. VII b hält man heute für die Schicht, die aus der Zeit um 1200 v. Chr., also aus der Zeit stammt, die Homer in seinen Gedichten beschreibt.

Die Troja-Debatte

Bis heute wird in Hissarlik gegraben und Troja wird weiter erforscht. 1988 übernahm der Tübinger Vorgeschichtler M. Korfmann die Grabungsleitung. Auch für ihn stellte sich zunächst die Frage, mit der sich schon Schliemann auseinandergesetzt hatte: Ist Hissarlik das von Homer in seiner Ilias beschriebene Troja oder nicht? Zunächst zweifelte er noch, aber einige Jahre später, nach der Entdeckung einer riesigen Unterstadt, kam er zu dem Schluss, dass Homer tatsächlich wörtlich zu nehmen sei. Viele Historiker waren darüber sehr erstaunt und sein Kollege, F. Kolb, warf Korfmann in einem Fernsehinterview vor, nicht wissenschaftlich zu arbeiten. Er selbst hielt Homer nicht für glaubwürdig. Es entstand ein hitzig und unfreundlich geführter Streit, der medienwirksam in der Öffentlichkeit geführt wurde: Viele Laien glaubten fortan an Korfmanns These, also daran, dass Hissarlik das Troja Homers sei, viele Wissenschaftler, Historiker, Philologen, Archäologen ziehen es vor, weiter zu zweifeln und sind sich bis heute nicht einig.

Der Schatz des Priamos

Priamos war – laut Homer – der letzte König von Troja. Er war Vater von 50 Söhnen, von denen die meisten bereits zu seinen Lebzeiten im Kampf um Troja starben. Seine bekanntesten Söhne waren Paris und Hektor. Letzteren versuchte er vergeblich, vom Zweikampf mit Achilleus abzuhalten und musste schließlich mit ansehen, wie der griechische Held seinen Sohn tötete und die Leiche misshandelte. Er bewies großen Mut, als er nachts in das griechische Lager zu Achilleus ging, um ihn um die Herausgabe seines toten Sohnes zu bitten.

Heinrich Schliemann suchte während seiner Grabungen nach dem Troja, in dem der Trojanische Krieg getobt hatte. Er wusste, dass Priamos der letzte König gewesen sein sollte, deshalb hatte Priamos für ihn eine ganz besondere Bedeutung. Als er tatsächlich einen großen goldenen, aus insgesamt rund 8000 kostbaren Gegenständen bestehenden Schatz fand, war er sich sicher, dass er einst dem letzten Herrscher der Stadt gehört haben musste, und bezeichnete ihn als den »Schatz des Priamos«. Heinrich Schliemann gelang es, das Gold heimlich aus der Türkei über Griechenland nach Deutschland zu bringen, dort schenkte er es 1881 dem deutschen Volk und der Schatz wurde vier Jahre später in einem Berliner Museum der Öffentlichkeit gezeigt. Durch die Wirren nach dem Zweiten Weltkrieg gelangte das Gold als sogenannte Beutekunst nach Russland, was nach langem Geheimhalten erst 1993 bekannt wurde. Hier wurde der Schatz vor einigen Jahren zum ersten Mal nach langer Zeit wieder öffentlich gezeigt. Wer fragt, wohin der »Schatz des Priamos« gehört, merkt rasch, dass man sich mit dieser Frage im Kreis dreht: Gehört das Gold nach Russland, wohin ihn die russischen Beutezüge einst brachten? Nach Deutschland, wohin Schliemann es entführte? In die Türkei, in dessen Boden es gefunden wurde? Nach Griechenland, woher die Helden, die in Troja gekämpft hatten, stammten? Oder ist es nicht eigentlich ganz gleichgültig, welches Land sich als Besitzer bezeichnen darf, da der Schatz ohnehin niemandem ganz, aber jedem, der von ihm weiß und ihn betrachtet, zumindest ein ganz klein wenig gehört?

Griechen und Türken

Troja und seine Umgebung, überhaupt das ganze Kleinasien, gehörte in der Antike und bis ins Mittelalter hinein zu Griechenland. Einige der berühmtesten griechischen

Philosophen und Denker wurden hier geboren. Seit der Eroberung von Konstantinopel im Jahr 1453 herrschten die Osmanen über die Griechen. Auch nachdem 1830 ein unabhängiges Griechenland gegründet worden war, blieb dieser Bereich (Kleinasien) unter türkischer Herrschaft. Als Heinrich Schliemann im 19. Jahrhundert mit seinen Ausgrabungen begann, lebten Griechen und Türken weitgehend friedlich zusammen. Nach dem griechisch-türkischen Krieg (1922) beschloss die Türkei einen Bevölkerungsaustausch, der die Vertreibung von Millionen von Menschen zur Folge hatte. Seitdem leben in Kleinasien, das zur Türkei gehört, fast ausschließlich Türken, in Griechenland vor allem Griechen.

Inhalt